ORAISON FUNÈBRE

DE TRÈS-HAUTE, TRÈS-PUISSANTE

ET TRÈS-EXCELLENTE PRINCESSE

MARIE-THÉRÈSE,

ARCHIDUCHESSE D'AUTRICHE,

IMPÉRATRICE DOUAIRIERE,

REINE DE HONGRIE ET DE BOHÈME:

Prononcée dans la Chapelle du Louvre le Vendredi 1ᵉʳ Juin 1781, en présence de Messieurs de l'Académie Françoise;

Par M. l'Abbé DE BOISMONT, Prédicateur Ordinaire du Roi, Abbé Commendataire de Grétain, & l'un des Quarante de l'Académie.

A PARIS,

Chez DEMONVILLE, Imprimeur-Libraire de l'Académie Françoise, rue Christine.

M. DCC. LXXXI.

AVEC PRIVILÉGE DU ROI.

L'Académie a arrêté que l'Oraifon funèbre de Sa Majefté
l'Impératrice-Reine, prononcée dans la Chapelle du
Louvre par M. l'Abbé de Boismont, le 1er Juin 1781,
en préfence de la Compagnie, feroit imprimée fous fon
privilége. A Paris, ce 1er Juin 1781.

Signé, D'Alembert, *Secrétaire perpétuel de l'Académie.*

ORAISON FUNÈBRE

DE TRÈS-HAUTE, TRÈS-PUISSANTE
ET TRÈS-EXCELLENTE PRINCESSE
MARIE-THÉRÈSE,
ARCHIDUCHESSE D'AUTRICHE,
IMPÉRATRICE DOUAIRIÈRE, REINE DE HONGRIE ET DE BOHÉME.

Accedite Gentes & audite; & Populi attendite. Audiat Terra & plenitudo ejus.
Venez Nations, écoutez-moi; Peuples soyez attentifs. Que la Terre, d'une
extrémité à l'autre, prête l'oreille. *(Paroles du Prophète Isaïe. c. 34, v. 1).*

UEL mouvement s'élève dans mon ame, au
moment, MESSIEURS, où je parois dans
cette Chaire? Mes regards, accoutumés à
ce sombre appareil, sont frappés d'un nouveau spec-
tacle. Ce n'est plus la Mort, c'est la Religion, c'est la
Justice que j'aperçois au milieu de vous; elles exci-

A 2

tent ma foible voix ; elles femblent me dire comme autrefois le Dieu d'Ifraël à fon Prophète : Parle, *loquere* ; voici le jour de notre gloire, écarte tous les voiles de l'Art ; tu n'as rien à diffimuler, nos Maximes & nos Oracles feront dans ta bouche : *Loquere, ecce dedi verba mea in ore tuo.*

Jer. c. i.

Vous le favez, Messieurs, la cendre des Rois, quels qu'ils foient, eft toujours refpectée : vivans, on les trompe : morts, on les loue ; c'eft la dernière des flatteries auxquelles le Trône les a condamnés : tant le nom de Roi eft fatal à la vérité ! mais cette louange, qui rampe à leur fuite, dernier effort de l'Adulation expirante, s'éteint elle-même avec les flambeaux qui éclairent leurs funérailles. Ici, Messieurs, ce n'eft ni l'ufage, ni la bienféance, ni le refpect national, qui commande à ma penfée ; c'eft votre admiration qui m'appelle au tombeau de Marie-Thérèse ; c'eft à l'enthoufiafme public que j'obéis. Un Peuple étranger à Marie-Thérèse, un Peuple qui n'a point vécu fous fes lois ; que dis-je ? un Peuple qui l'a combattue ; qui, les armes à la main, inondoit il y a quarante ans & menaçoit fes Héritages, c'eft ce même Peuple, réuni aujourd'hui autour de fon cercueil, qui réclame fon éloge, éloge digne d'elle fans doute, parce que ce Peuple ne lui doit que la vérité. Les Royaumes Etrangers font la Poftérité pour les Rois.

Parlons donc fon langage dans une folennité que le menfonge & l'exagération ont fi fouvent profanée,

Que l'Allemagne gémiſſe, elle a perdu le plus précieux de tous les biens; mais ce n'eſt pas l'Allemagne ſeule, c'eſt l'Europe entière qu'il faut conſoler. Conſolons l'Europe par toutes les eſpérances attachées à l'exemple d'une grande vertu. La mort de MARIE-THÉRÈSE accumule des Couronnes ſur une Tête auguſte, digne de les porter. Pour nous, recueillons, au nom de la Religion & de l'Humanité, une ſucceſſion plus grande encore. Raſſemblons ces Eſprits de juſtice, de bienfaiſance & de paix, qui environnoient le Trône Impérial, pour les répandre, s'il eſt poſſible, au pied de tous les Trônes, & en compoſer le bonheur du monde : voilà l'héritage ſacré de toutes les Nations. Peuples, voilà ce que le dernier ſoupir de MARIE-THÉRÈSE vous a légué. *Accedite Gentes, & audite.*

C'eſt donc à l'Europe entière que j'adreſſe ce Diſcours. Laiſſons le néant des grandeurs humaines, toujours prouvé & toujours méconnu ; détournons les yeux de ce Temple de la Mort, hélas ! qui ſe montre toujours en vain à ſes victimes. Je ne dirai pas que les triſtes reſtes de MARIE-THÉRÈSE ſont la leçon des Rois qui doivent mourir : ce foible intérêt ſeroit trop indigne d'elle; montrons que ſa mémoire eſt l'école des Rois qui règnent. Venez, Peuples : c'eſt votre cauſe que je vais plaider, non au pied d'un Trône, mais ſur ce tombeau devant lequel tous les Trônes s'abaiſſent, parce que tout leur éclat ne vaut pas une ſeule des larmes qui l'arroſent. Venez, au récit ſimple & fidelle d'une vie ſans erreur comme fans foibleffe , béniffez le Dieu qui donne les bons Rois dans fa miféricorde ; que vos préjugés fe taifent , que votre confiance s'affermiffe. Lorfque vous parcourez les faftes du monde, vous les voyez ces Trônes , théâtres de toutes les paffions, tantôt déshonorés, tantôt obfcurcis, tantôt renverfés : l'hiftoire de leur chûte, de leur fplendeur même, n'eft que l'hiftoire de la honte & du malheur de l'humanité. Ici, qu'apercevez-vous? une feule paffion , affife pendant quarante ans fur les débris de toutes les autres, la noble , l'héroïque paffion du bien public. Voilà l'immortel monument que je viens élever avec vous à la gloire de MARIE-THÉRÈSE , le feul qui l'honore , le feul qu'elle daigne avouer, parce qu'il eft tout-à-la-fois juftice & modèle.

La vie d'un Chrétien obfcur finit avec fa vie ; les temps ne font plus rien pour lui, l'éternité feule lui refte.

La vie d'un Roi n'a point de terme, il ne meurt pas ; jugé dans l'éternité, il eft encore préfent à tous les temps : la Juftice des fiècles prend ici-bas la place de Dieu même, incorruptible comme lui , & peut-être plus inexorable.

Il exifte donc pour les Rois deux fources de gloire & de honte, la Religion & l'Hiftoire; deux Juges , Dieu & la Poftérité.

Ne craignons pas de citer MARIE-THÉRÈSE à ces deux redoutables Tribunaux.

Dans l'éloge des Dieux de la terre , fouvent l'Hiftoire languit quand la Religion triomphe : plus fouvent encore

la Religion gémit où l'Histoire s'élève. Ici tous les intérêts font réunis, & c'est la première fois peut-être que,
dans un fens exact & rigoureux, on a vu marcher enfemble les Annales de la Gloire & celles de la Vertu.

Pour jeter quelqu'ordre dans un tableau fi vaste & fi
magnifique, offrons MARIE-THÉRÈSE à l'Europe & à fon
Peuple : à l'Europe, dont elle fut l'étonnement & l'admiration ; à fon Peuple, dont elle a été l'idole. Si le
Trône eût manqué à cette grande ame, elle eût été dé-
placée ; & quelle perte pour le Trône ! Qui ne connoît
dans le rang fuprême les erreurs de la gloire & les abus
de l'autorité ? Hélas ! on les croit inévitables, prefque
néceffaires. L'expérience a tourné en habitude cette trifte
penfée : la célébrité, le pouvoir d'un feul n'est que trop
fouvent le tourment de tous. MARIE - THÉRÈSE a tout
juftifié, & la gloire, & l'autorité : la gloire, aux yeux des
Sages, par le grand caractère qu'elle lui a fait prendre ;
l'autorité, aux yeux des Peuples, par le noble ufage qu'elle
en a fait. Tout est pur dans fa renommée, tout fut confolant fous fon empire. Voilà, MESSIEURS, ce que nous
obferverons dans la vie éternellement mémorable de TRÈS-
HAUTE, TRÈS - PUISSANTE, TRÈS - EXCELLENTE PRINCESSE
MARIE-THÉRÈSE, ARCHIDUCHESSE D'AUTRICHE, IMPÉRA-
TRICE DOUAIRIÈRE, REINE DE HONGRIE ET DE BOHÈME.
Ainfi le Règne que je vais décrire est tout enfemble
l'apologie du Trône, l'exemple des Rois & l'efpérance de
tous les Peuples.

Je l'avoue, Messieurs, cette idée confolante me foutient. Prévenu par la voix de la Renommée, l'Orateur difparoît ici. Augufte Vérité, vous parlerez feule, vous parlerez pour l'inftruction de ces Maîtres du Monde, qu'il eft fi difficile, qu'il eft fi important d'inftruire, & qui ne peuvent être plus efficacement inftruits que par leurs égaux.

PREMIÈRE PARTIE.

La gloire, cette grande erreur de tous les fiècles; ce preftige, qui étonne, trouble & domine la raifon; ce fantôme, chargé de palmes & de deuil, tour-à-tour objet d'idolâtrie & d'exécration, d'enthoufiafme & d'horreur; cet être, en un mot, dont tout le monde parle, que peu de Sages ont connu, les Rois, les Peuples vont le connoître: MARIE-THÉRÈSE, en prenant fa place dans l'opinion des hommes, va fixer enfin l'idée de la gloire.

Non, Messieurs, les Hommes célèbres ne font pas les Grands-Hommes, la célébrité n'eft pas la gloire. Lorfque l'ardeur, ou plutôt l'emportement de toutes les paffions qui la promettent, s'empare de ces ames impétueufes que la fortune enivre, il les rend vaines, injuftes, imprudentes, impitoyables. La gloire n'eft plus alors que ce délire, hélas! trop impofant, le mépris du Sage & le fléau de l'humanité. Mais lorfqu'une grande ame lui donne, en quelque forte, fon empreinte, fa forme, fon caractère, confolante, refpectable, auffi pure que fa fource, elle devient alors

un

un modèle & un bienfait public. J'appelle une grande
ame, celle qui, fur le Trône, fe montre toujours tout ce
qu'elle doit être, fe modifie fans effort, fe plie fans violence, cherche le bien plus que l'éclat ; fimple tout enfemble & magnanime, fenfible & jufte, élevée & po-
pulaire ; celle enfin qui, toujours préfente à tous fes
devoirs, diftingue d'une vue ferme & sûre la vertu de
chaque moment, le mérite propre à chaque fituation, &
s'y porte d'un mouvement libre & uniforme, fans rien
affoiblir & fans rien exagérer. Telle fut l'ame de Marie-
Thérèse ; & vous la verrez plus grande encore par tout ce
qui n'étonne pas, que par tout ce qui femble avoir le droit
de furprendre & d'éblouir.

Abandonnons aux détails de l'Hiftoire fon enfance &
fa première jeuneffe. Les êtres extraordinaires ne connoif-
fent peut-être pas la lenteur des développemens. Il y a
une maturité qui les attend, qui fe cache même dans le
défordre apparent des premiers mouvemens de la Nature,
& dont perfonne ne peut marquer ni les gradations ni
le terme. Le moment arrive : principes fermes, fentimens
généreux, fageffe, énergie, profondeur, tous les élémens de l'héroïfme fe preffent à la fois d'éclore ; tout fe
déclare, l'ame paroît fortir de fon fecret : femblable à
la lumière, qui, dans l'inftant où elle fe montre, dé-
vore, en quelque forte, tout l'efpace, embraffe tous les
objets, & les crée, pour ainfi dire, en leur donnant la
forme & la vie. Je ne rappellerai donc point ici les fages

impreſſions que Marie-Thérèse recevoit des ſoins de Charles VI & d'Eliſabeth de Brunſwick. Des germes, plus forts que les préceptes vulgaires, étoient dépoſés dans cette ame, ſupérieure à toutes les maximes communes. Hélas! ſur le Trône, le premier charme du pouvoir efface ſouvent, ſans retour, la molle & ſervile empreinte de ces maximes. Marie-Thérèse étoit réſervée à une inſtruction plus profonde. L'Europe entière ſera ébranlée, la gloire de toute ſa vie eſt à ce prix, & le Ciel permettra tout, pour l'élever juſqu'à cette mâle éducation qui achève les grands Rois, l'éducation du malheur.

Par quelle étrange révolution ce myſtère de la Providence s'accomplira-t-il? Grâces, talens, dons heureux de l'eſprit, don plus heureux de plaire, tout ce qui compoſe une vie fortunée, prépare, embellit la carrière qui s'ouvre devant elle. Si le ſang de Charles-Quint donne encore un Maître à ſes vaſtes Domaines, elle ira porter ſous un ciel étranger toutes ces qualités aimables qu'on adore à Vienne. Dans toutes les parties du monde, l'admiration lui réſerve un Trône : elle trouvera par-tout les mêmes cœurs... C'eſt à Vienne même, dans ce Palais qui la vit naître, aux yeux de ce Peuple dont elle eſt la plus chère eſpérance, que s'exécutera ce formidable décret. Le Ciel n'accordera point aux vœux d'Eliſabeth un autre Léopold; & toute la deſtinée de cette Maiſon dominatrice & conquérante, va repoſer ſur la tête de Marie-Thérèse.

Ici, Messieurs, je vois frémir autour d'elle, dans le trouble & l'inquiétude, toutes ces Ombres Royales dont la politique savante avoit formé ce Corps de puissance si long-temps redoutable à l'Europe. Les jours de splendeur vont donc s'éteindre ; ce fleuve, grossi depuis trois siècles par tous les ruisseaux qu'il a confondus dans son sein, peut se diviser & couler sans gloire après avoir perdu jusqu'à son nom. Qué reste-t-il à Charles VI ? Emportera-t-il dans le tombeau la crainte désolante de voir ce magnifique ouvrage déchiré, & le regret plus amer encore de laisser son auguste Fille assise sur des débris ? Non ; pour répondre à l'attente de toute sa race, il épuisera les précautions de la sagesse, il invoquera la foi des pactes publics. Les Rois, les Peuples se réuniront, l'Europe entière conspirera pour assurer l'immobilité de cet immense héritage entassé par les siècles; & aussi confiant que David, ce Monarque dira au fond de son cœur : Tout est prévu; rivalités, jalousies, intérêts, tout est enchaîné ; les destins de ma Maison sont fixés. *Dixi in abundantiâ meâ : Non movebor ampliùs.*   Pſ. 29.

Politique humaine, que vous êtes foible & trompeuse! Un plus puissant génie veille du haut des Cieux, & dissipe comme une fumée légère tous les conseils de la prudence. Mais l'orage est encore caché dans la nue. Investie de cette gloire antique, dont tous les rayons viennent se confondre sur elle, Marie-Thérèse croît au milieu des sceptres & des couronnes ; déja s'ouvre

à ſes yeux le ſanĉtuaire du pouvoir & de l'autorité.
Avec quel attendriſſement tous les regards s'attachent ſur
cette fleur brillante, qui reſte ſeule, qui s'échappe d'une
tige féconde dont la racine ſe deſſéche, & dont le nom
même eſt frappé de mort ! L'orphelin, le pauvre, le
foible, tous ſont heureux des promeſſes de l'avenir ;
elles deviennent l'intérêt de tous les Etats, le bien particulier de chaque famille. La jeune épouſe ne craint
plus la fécondité ; le vieillard accablé d'années laiſſe à
ſes enfans ce précieux héritage, & meurt conſolé. En
vain le Démon de la guerre frémit encore aux rives du
Danube ; toutes les ſources de la félicité publique ſont
prêtes à s'épancher de l'ame de MARIE-THÉRÈSE. On n'é-
coute, on ne ſent que ces magnifiques préſages ; un
hymen déſiré les confirme : il unit deux noms conſacrés
pour ainſi dire à la Souveraineté. Je ne ſais quel
charme eſt attaché au vieux reſpeĉt d'un ſang illuſtre ;
il ſemble que l'éclat qui le ſuit à travers les ſiècles,
porte avec lui un préjugé particulier de bienfaiſance &
de proteĉtion (eh ! que ne devoit-on pas attendre du
ſang de l'immortel Léopold (1), Duc de Lorraine ?).
Tous les cœurs volent ſur les pas de ce Couple auguſte.
La paix vient mêler ſes douceurs à de ſi vives eſpérances ; le Midi, le Nord, tout eſt tranquille : il ne reſte
à MARIE-THÉRÈSE que de régner comme elle a vécu.

 Elle règne. La mort ſoudaine de Charles VI la précipite, ſi j'oſe ainſi parler, dans l'ivreſſe du pouvoir

(1) Léopold,
Duc de Lorraine,
père de l'Empe-
reur François Ier.

abſolu. N'en redoutez rien, Messieurs. Ah ! c'eſt pour
la vertu ſeule qu'il eût été permis d'inventer le deſpotiſme. A la voix de Marie - Thérèse les priſons s'ou-
vrent, les chaînes des malheureux ſe briſent, l'ordre
renaît dans les Conſeils ; le zèle, le génie, le talent,
tout ſe met à ſa place. Du haut de ce Trône où elle
vient de s'aſſeoir, ſes premiers regards ſe portent ſur la
Hongrie, ſur ces Dietes orageuſes qui l'attendent, &
ne lui offrent qu'un ſceptre courbé ſous d'antiques priviléges. Sans doute le déſir de conquérir les cœurs
eſt la première vanité d'un jeune Souverain ; mais l'in-
tégrité de ſon pouvoir, la fierté de ſon ſang, l'exemple
de ſes aïeux, l'eſpoir ſuperbe d'aſſervir l'opinion dès
le premier pas de ſa carrière, s'élèvent enſemble dans
l'ame de Marie-Thérèse contre les conſeils de
cette vanité même. La gloire d'être juſte l'emportera
ſur toute autre gloire : *Vous ſerez libres*, dit - elle à
cette belliqueuſe Nobleſſe; *je le jure, ſoyez fidelles*....
O ſerment de protection & de juſtice, quels droits vous
aſſurez à Marie-Thérèse ſur un Peuple ſenſible ! De
quel prix, de quel ſerment vous ſerez payé !.... Cette
juſtice, Messieurs, ſouffrez cette expreſſion, eſt la
grande uſure des Rois ; & en attendant des temps malheureux qui ne ſont pas éloignés, que de biens la reconnoiſſance & l'amour vont lui rendre, en échange des
triſtes plaiſirs de l'orgueil ! Qu'elle paroiſſe à Preſ-
bourg, Souveraine adorée, elle enchaînera toutes les

défiances ; ſa bonté, plus puiſſante que les lois, ſera plus abſolue que le deſpotiſme même. Ah ! la ſoumiſſion eſt ſans réſerve, lorſque la liberté eſt ſans alarmes ; plus de barrières entr'elle & le cœur des indociles Hongrois. Tout eſt calme, tout repoſe à ſes pieds ; & ce n'eſt pas ce repos affreux qui, dans la ſervitude, reſſemble au ſilence de la mort : c'eſt la douce confiance d'une famille nombreuſe, ſatisfaite & tranquille ſous la main pater- nelle. *Conquievit in conſpectu ejus, & ſiluit omnis terra.*

II. 14.

Hélas ! ſi le Ciel l'eût permis, cette paix univerſelle, qui ſe montre à l'aurore de ſon Règne, en eût conſacré toute la durée. Mais les décrets éternels vont s'accomplir. Au ſein de ce calme apparent, je ne ſais quelle raiſon d'Etat allume, irrite tout-à-coup la jalouſie & la cupi- dité. Le nuage groſſit bientôt ; la tempête gronde de toute part : la Saxe, la Bavière, l'Eſpagne, la Pruſſe conjurées, s'agitent & menacent à la fois une Reine novice encore, & un Empire épuiſé. *Omnes Prin-*

II. c. 14.

cipes terræ ſurrexerunt de Soliis ſuis, omnes Principes Nationum.... Où courez-vous, Puiſſances ennemies d'un pouvoir que Charles-Quint a détruit lui-même en le diviſant ? O François, vous vous méprenez ; le fan- tôme qui vous trouble fut enſeveli ſous vos coups dans les plaines de Lens & de Rocroi. Quoi ? ces pactes, ces ſermens, cette foi jurée... Politiques ſanguinaires, je ne vous juge pas, le Ciel a prononcé : laiſſons ce re- doutable arrêt dans les profondeurs de l'éternité. La

Religion peut gémir dans fes fanctuaires ; mais elle doit au fecret des Rois l'hommage du filence : ce qui lui appartient, c'eft le droit d'obferver jufques dans l'égarement des confeils humains, la trace de cette main fouveraine qui domine tout.

La voilà étendue, cette invincible main, fur la tête de MARIE-THÉRÈSE; elle emporte, elle diffipe en un moment tous les enchantemens, toutes les impoftures, tous les preftiges du rang & de l'habitude. Cette pompe, ce pouvoir, cette indépendance qui féduit & qui trompe, tout s'évanouit : le malheur fe montre ; maître impérieux, févère, impitoyable comme la vérité, il fe montre inévitable, imprévu, avec le trouble qui l'accompagne, & l'épouvante qui le fuit. A fon afpect, tout change aux yeux de MARIE-THÉRÈSE; le Diadême fe ternit fur fon front ; ce Trône où tous les vœux l'ont placée, fufpendu fur un abîme, ne brille plus pour elle que d'une lumière fombre & funefte. Hélas ! l'étendue même de fa puiffance devient la mefure de fa foibleffe; elle ne voit autour d'elle que confufion, incertitude, irréfolution : Peuples, Soldats, Courtifans, Miniftres, Généraux, tout eft confterné.

Placez-vous, MESSIEURS, dans ce point de vue ; embraffez ce formidable tiffu que la Politique avoit formé, cette vafte enceinte de terreur, cette chaîne de périls dont elle avoit invefti une jeune Reine, fans défiance & fans précaution. Voyez ces torrens qui fe débordent de

tous côtés, & portent avec eux la défolation & le ravage ;
l'Autriche fans remparts, Vienne fans défenfeurs, une
Souveraine de vingt-cinq ans, dans le premier tumulte de fes penfées, tremblante, éperdue au milieu de
ce même Palais, tout plein de la majefté de fes Aïeux.
Qu'attendez-vous ? réclamera-t-elle en fuppliante la fainteté des engagemens & la folennité des garanties ? La
verra-t-on s'humilier aux pieds des Puiffances jaloufes,
abfoudre l'Europe de l'infraction de fes promeffes, trahir
en un jour la gloire de trois fiècles, & fervir d'époque
éternelle à l'abaiffement de fa Maifon ?

Elevez-vous, Reine infortunée, jufqu'à la hauteur de
cette grande mais terrible leçon ! S'il faut fuccomber,
reftez encore debout au milieu des ruines ; tout eft perdu,
mais tout n'eft pas défefpéré. Fuyez ces murs où la profpérité pouvoit vous amollir ; fuyez feule, montrez-vous
fans fuite, fans armée, dans le filence augufte du malheur. Les cœurs fenfibles n'attendent que vos larmes. Mais
où fuir ? quel afile affez fûr peut être ouvert à MARIE-
THÉRÈSE ? quel afile ? celui où refpire la liberté dans
toute fon énergie, l'audace dans toute fon impétuofité,
la fidélité, la reconnoiffance, plantes fauvages, mais
qui, dans un climat que nos mœurs n'ont point cor-
rompu, gardent toute leur vigueur & toute leur pureté.
Les grandes ames ont feules le fecret de leurs reffources.
Un Peuple fier, mais généreux, digne d'honorer le courage dans l'infortune, digne de mourir pour une caufe
jufte :

jufte : voilà le Peuple que le cœur de MARIE-THÉRÈSE a choifi pour périr avec elle ou pour la venger.

Qui pourroit retracer les mouvemens de cette ame indignée, mais calme ? Quel dur apprentiffage des vertus qui feront fa confolation & fa gloire dans des jours plus heureux ? C'eft dans ces momens, au milieu des horreurs de cette fuite humiliante, que s'impriment en elle, pour ne s'effacer jamais, les principes de cette foi vive, de cette piété éclairée, qui honore la Religion & la juftifie. Ah ! fans doute, la Fille de tant de Céfars, comblée de tous les dons de la Nature & de la Fortune, errante, profcrite, en quelque forte, au fein de fes Royaumes, étoit, à fes propres yeux, un exemple affez frappant de la vanité de toutes les fortunes humaines. Au milieu de la pompe des Cours, Dieu parle à tous les Rois par ce pouvoir dont il eft la fource, par cet éclat, cette grandeur même qu'il réfléchit fur eux. *Vox Domini in virtute, vox Domini in magnificentiâ.* Voix trop fouvent méconnue ! le Dieu de la gloire & de la magnificence ne fait que des ingrats. Ici, plus de Trône, plus d'hommages, plus d'honneurs : c'eft le Dieu jaloux, feul grand, feul immuable, qui refte feul ; c'eft lui qui environne MARIE-THÉRÈSE de deuil & d'effroi : la voilà feule fous la main de ce Maître fuprême, qui l'inftruit par des coups de tonnerre ! *Deus majeftatis intonuit.* Mais il l'humilie fans l'abattre, & il épuifera les prodiges pour la confoler. Cette voix toute-puiffante, qui ébranle les fphères, va

Pf. 28.

Ibid.

C

retentir en fa faveur fur les bords de la Drave, & jufqu'aux
déferts de l'Efclavonie. *Vox Domini concutientis defertum.*
Elle va raffembler ces efcadrons agiles, dont le choc eft
auffi imprévu qu'impétueux. *Vox Domini præparantis
cervos;* & de ces contrées barbares partira la foudre qui
doit écrafer la Politique, le Génie & le Talent. *Vox
Domini concutientis defertum, commovebit defertum cades.*

Mânes de Ferdinand, de Léopold & de Charles VI,
ranimez-vous! fuivez votre augufte Fille à travers ces
campagnes fumantes encore des feux de la révolte, que
l'abus de l'autorité avoit allumés; fuivez-la au milieu de
ces Diètes que l'oppreffion avoit rendues fi formidables:
tout a changé; fes bienfaits ont devancé fes larmes, &
fes larmes, plus puiffantes que vos nombreufes armées,
vont donner des appuis & des vengeurs à ce même
Sceptre infulté dans vos mains. Ah! vous avez ignoré
que la reconnoiffance nationale eft le plus généreux de
tous les fentimens.

Peignez-vous, MESSIEURS, la majefté fans appareil, le
malheur fans découragement, la fermeté fans orgueil,
les grâces fans foibleffe; un augufte Enfant penché fur
le fein d'une Mère attendrie, fouriant à fes farouches
admirateurs: hélas! il ne connoiffoit pas le prix de ce
terrible moment. Repréfentez-vous une foule de Guerriers, l'œil enflammé, le cœur palpitant d'audace & de
pitié... L'émotion paffe de rang en rang: un refpect
religieux femble enchaîner tous les efprits.... Qu'une

fauſſe éloquence ne profane point ici l'épanchement d'une grande ame; répétons ſans art, avec MARIE - THÉRÈSE, l'accent de la douleur & de la dignité. Dieux de la terre, écoutez! Voici le langage de l'autorité, lorſqu'elle parle au ſentiment & à l'honneur. *Abandonnée de mes amis, perſécutée par mes ennemis, attaquée par mes plus proches parens, je n'ai de reſſource que dans votre courage & ma conſtance; je remets en vos mains la Fille & le Fils de vos Rois, qui attendent de vous leur ſalut.*

A ces mots, tous les cœurs ſe briſent; on ne délibère pas, on ſe paſſionne : ce n'eſt pas la fidélité, c'eſt l'enthouſiaſme qui entraîne. L'amour, l'admiration, l'ivreſſe va faire le ſerment du devoir : tous, la main étendue ſur leurs armes, ne forment plus, aux pieds de MARIE-THÉRÈSE, qu'une ſeule victime dévouée ; tout leur ſang bouillonne dans leurs veines, impatient de couler pour une ſi belle cauſe. Mourons, s'écrient - ils, pour notre Roi MARIE-THÉRÈSE! *Moriamur pro Rege noſtro MARIA-THERESIA.* Mourons!... Cri ſublime ! Infortuné Ragotzi, généreux Bercheny(1), ſi vous étiez encore ſenſibles, vous applaudiriez à ce tranſport. Ils ne diſent pas: Marchons, allons combattre. Ces gradations lentes d'un zèle méthodique, leur ame embraſée ne les connoît pas ; elle franchit tous les intervalles; ils ne voient que la mort; leur dernier ſoupir eſt leur offrande. Mourons! *Moriamur pro Rege noſtro....*

____

(1) Chefs de la rebellion ſous les derniers Règnes.

C 2

A l'inftant où je parle, vous le répétez, MESSIEURS, ce cri fi digne d'un cœur François. Vous frémiffez, vous êtes vous-mêmes aux pieds de MARIE-THÉRÈSE. Voyez quelle douce majefté brille fur fon front, avec quel attendriffement elle reçoit le noble facrifice de la valeur & de la fidélité. Un rayon confolateur luit bientôt à fes yeux. Le courage qu'elle infpire, fes ordres, fes prévoyances, les fautes de fes ennemis, l'activité de fes Généraux, tout femble promettre une révolution inefpérée. Déjà, du fond de la Croatie, elle a ramené la confiance & l'audace ; déjà s'étonnent & fe troublent, au fein de leurs conquêtes, les Alliés victorieux. Au milieu de cette foule d'ennemis triomphans, confidérez le Lion du Nord qui s'éveille ; fes regards ardens femblent dévorer la proie que la Fortune lui marque : Génie impatient de s'offrir à la Renommée, vafte, pénétrant, exalté par le malheur, & par ces preffentimens fecrets qui dévouent impérieufement à la gloire certains Êtres privilégiés qu'elle a choifis, je le vois fe précipiter fur ce théâtre fanglant avec une puiffance mûrie par de longues combinaifons, & des talens agrandis par la réflexion & la prévoyance ; Soldat & Général, Conquérant & Politique, Miniftre & Roi, ne connoiffant d'autre fafte que celui d'une Milice nombreufe, feule magnificence digne d'un Trône fondé par les armes. Je le vois auffi rapide que mefuré dans fes mouvemens, unir la force de la difcipline à la force de l'exemple, communiquer à tout ce qui l'approche cette vigueur, cette flamme inconnue au reſte des hommes , que la Nature avoit cachée dans ſon ſein; marcher à d'utiles triomphes ; diriger lui-même avec art tous les coups qu'il porte; attaquer ce tronc chancelant ſur lequel MARIE-THÉRÈSE eſt appuyée , en détacher bruſquement les rameaux les plus féconds ; & s'élevant bientôt au-deſſus de l'Art même par la fermeté de ce coup-d'œil que rien ne trouble, montrer déjà le ſecret de ces reſſources qui doivent étonner la Victoire même, & tromper la Fortune lorſqu'elle lui ſera contraire.

Tel étoit Frédéric, le redoutable Rival de MARIE-THÉ-RÈSE; tel le précipice que deux cents mille bras armés creuſoient ſous les pas de l'Héritière de Charles-Quint. Mais le Dieu qui l'éprouve eſt un Dieu juſte; elle a béni ſes rigueurs, elle doit intéreſſer ſa juſtice. Son intrépidité croît avec le péril. L'eſpoir renaît; ſes drapeaux, obſcurément repliés dans les murs de Vienne, flottent aux campagnes de Scherding & de Lintz, ſe montrent à la victoire & l'entraînent. Les beaux jours de Charles VII s'évanouiſ-ſent comme un ſonge : l'Autriche & la Bohème ne con-noiſſent plus d'autre Maître que MARIE - THÉRÈSE ; elle rejette, au ſein de ſes ennemis, la terreur & la déſola-tion; l'honneur des retraites devient leur partage. Moment de triomphe & d'ivreſſe ! & il eſt permis à un Orateur Chrétien de le célébrer : oui , l'ami de l'humanité peut arrêter ſes regards ſur les trophées de MARIE - THÉRÈSE. Au milieu des cris des vainqueurs , on n'entend point autour d'elle les cris inſolens d'un Peuple conquérant ; ce champ d'horreur & de mort n'eſt pas du moins l'exécrable autel de la Fureur & de l'Ambition : la néceffité abfout ici la victoire. Tout plie, en effet, fous l'effort de fes armes. Ce n'eft point affez, tout va céder encore au vœu le plus preffant de fon cœur; elle n'attendra pas qu'une paix, trop long-temps difputée, ramène à fes pieds l'Aigle des Céfars, un moment infidelle; de nouveaux revers rendent fon vol encore incertain, rien n'étonne MARIE - THÉRÈSE ; elle brave les victoires de Friedberg & de Fontenoy : fon puiffant génie defsèche, en quelque forte, dans la main de fes ennemis, les lauriers qu'ils viennent de cueillir contr'elle; & au milieu de ces lauriers même, elle va faifir la Couronne Impériale qu'elle place fur la tête de François Premier.

Ouvrez, MESSIEURS, ouvrez les faftes du monde. Nul Conquérant, nul Règne ne foutiendra le parallèle de cette gloire dont je viens de vous offrir rapidement les principaux traits. Le tombeau de Charles VI eft à peine fermé, les larmes de fon augufte Fille coulent encore : les rènes de tant d'États difperfés flottent dans fes mains timides & incertaines; alliances, traités, reffources, tout lui eft inconnu, jufqu'au nom du malheur. Toutà-coup le cri de la guerre, l'exploſion foudaine d'une Politique jaloufe, l'embrafement de toutes fes Provinces, la honte, la confternation, l'épouvante, l'arrachent du pied de ce tombeau pour la porter…dirai-je au milieu de fes camps ? elle n'a point d'armée ; dans les bras de fes Alliés ? les mers l'en féparent ; dans quelque retraite plus fûre ? hélas ! les afiles manquent au befoin le plus intéreſſant & le plus reſpectable de ſon ſexe (1). Son ame lui reſte ſeule : point d'autre port dans la tempête ; & tous les flots amoncelés qui mugiſſent autour d'elle, n'arrivent point juſqu'à cette hauteur où le ſentiment d'une foi vive qui eſpère tout, & le juſte orgueil d'une indépendance qui brave tout, ont placé cette illuſtre Infortunée.

Je m'arrête avec complaiſance, MESSIEURS, ſur des ſuccès dont j'oſe dire que nous nous conſolions en les admirant ; car nous ſommes trop grands pour ne pas honorer la vraie gloire juſques dans un Rival heureux. France, tu ne me déſavoueras pas ; tu combattois contre tes plus douces deſtinées. Quels triomphes euſſent égalé le bien dont tu jouis ! C'eſt par les horreurs de la retraite de Prague que le Ciel le préparoit ; elle immortaliſa tes Guerriers, elle fonda l'eſtime de MARIE-THÉRÈSE. Supérieure à ces vieilles haines politiques, qui, chargées de la rouille des temps, deviennent, pour les eſprits ſerviles, des formules de gouvernement, elle ſentit qu'après avoir enchaîné la valeur de la plus aimable Nation de l'Univers, elle pouvoit la conquérir par le plus ineſtimable de tous les bienfaits. Dès ce moment, elle s'élève vers l'avenir ; elle franchit ce petit cercle héréditaire de défiances & de préjugés dont l'éducation l'avoit inveſtie. Lorſque les temps auront mûri ſes projets & ſes eſpérances, ſon cœur, de concert

---

(1) Elle écrivoit à la Ducheſſe de Lorraine, ſa Belle - mère : *J'ignore encore s'il me reſtera une ville pour y faire mes couches.*

avec sa sagesse, ratifiera ce Pacte célèbre, que l'immortel Richelieu n'avoit pas prévu, mais qu'il avoueroit.

Écartons, MESSIEURS, ces tableaux funestes, oublions qu'il a fallu vaincre. Le mouvement de cette espèce d'héroïsme n'est point encore assez pur pour subjuguer l'admiration du Sage. Eh ! qui ne sait que l'extrême infortune élève l'ame, que le désespoir a ses ressources ? La force même de la situation suppléé tout, & l'énergie qui en résulte n'est souvent qu'une surprise faite à une nature foible & commune : c'est l'ame solitaire & refroidie qu'il faut interroger. La paix est jurée : après la gloire des triomphes nécessaires, il n'en reste qu'une digne du caractère de MARIE-THÉRÈSE & de ses principes, celle d'étudier, de connoître, de juger son Peuple, & de le rendre heureux par ses mœurs. Elle ne s'y méprend pas. Nul intervalle, nul sommeil entre l'épuisement de la guerre & les fruits de la paix : son Peuple en goûtera les douceurs, elle s'en réserve les travaux. Nouveau genre de victoire, MESSIEURS, plus frappant peut-être que celui dont l'éclat a pu vous éblouir. Du sein de ces trophées sur lesquels on l'a forcée d'affermir son Trône, elle promène ses regards sur l'Europe ; elle distingue un mouvement nouveau qui l'agite ; plus d'activité dans les Arts de luxe, plus de recherche dans les plaisirs, plus d'inquiétude dans les esprits, plus d'audace dans la raison ; en un mot, un effort général pour s'élancer hors des limites connues, dans l'espoir d'atteindre les dernières

retraites

retraites de la vérité : tentation délicate pour une Reine jeune, ardente, fenfible aux dons, aux promeffes, aux erreurs même du génie ; tentation qui pouvoit être juftifiée par la noble ambition de créer un Peuple nouveau.

Qu'on exalte ces Souverains, qui entreprennent de commander à la Nature & au climat, qui décompofent une Nation pour l'élever, qui portent au milieu d'elle des Arts étonnés de ne trouver que des refforts & des habitudes qui leur réfiftent ; moi, je louerai MARIE-THÉRÈSE d'avoir fenti qu'il y a une induftrie, un mouvement, une raifon de chaque Pays, qui forme l'empreinte originale des Nations, & entretient dans les efprits une forte d'unité morale, principe de toute profpérité dans un Gouvernement. Je la verrai avec tranfport dominant un fiècle qui dominoit tout, fe refufer à fon brillant délire, repouffer fa fauffe opulence & planant comme l'aigle au-deffus de l'atmofphère paifible de la Germanie, y verfer une chaleur féconde, qui développe & met en activité fes forces naturelles. Elle ne fe diffimule pas que les éclairs de cette lumière moderne qui étincelle de toute part, peuvent éblouir des yeux que la Nature a faits plus fages que perçans, plus arrêtés que curieux ; que les premiers fondemens de la raifon humaine, pofés & affermis par la main du Temps dans des têtes froides & tranquilles, ne peuvent être ébranlés fans péril ; que tout alliage eft dangereux ; que ces prétendues découvertes, dont les autres climats s'énorgueilliffent, peu-

vent, en mélant aux productions nationales des sucs
étrangers, altérer le sol même & le corrompre : elle sait
enfin que la marche de l'esprit Germanique est d'autant
plus ferme, qu'elle est moins précipitée ; qu'il n'adopte
rien par légèreté; qu'il ne quitte rien par inconstance, &
que le mal pourroit devenir invincible, s'il s'établissoit par
des progressions lentes & sourdes.

Guidée par cette haute Politique, elle se concentre,
pour ainsi dire, dans le caractère de son Peuple. Point
de pompe, point de faste. Entourée de ses vertus, que
lui importe le vain appareil du Trône ? que l'Autriche,
que la Bohème respire ; que l'ordre renaisse, qu'il peigne
la majesté de MARIE-THÉRÈSE comme l'accord de toutes
les parties de l'Univers peint la Majesté Suprême; que
cette ardeur guerrière, noble héritage des anciens Ger-
mains, devienne plus savante & plus éclairée ; qu'une
Education publique, plus soignée, prépare les généra-
tions futures ; que les Manufactures nationales se rani-
ment ; que les Arts se réveillent, ces Arts des bonnes
mœurs, enfans de la Nature, qui fortifient la masse politique par le rapprochement des Etats & la modération
des jouissances ; que le Commerce intérieur prenne plus
d'aliment & de vie, la Loi plus de consistance & de lumière, la Science rurale des méthodes plus fécondes &
des principes plus fixes; que le Luxe, que l'Esprit nouveau, dont le poison circule comme l'air dans toutes les
parties de l'Europe, trouve un mur d'airain qui s'oppose

à ſes funeſtes conquêtes ; que toutes ces futiles & labo-
rieuſes maniés, reproduites & perpétuées par notre infatigable frivolité, ſoient proſcrites par d'inflexibles Loix;
qu'aucune nouveauté ſtérile ne contraſte avec l'habitude ;
que rien ne trouble, rien n'étonne, rien n'éblouiſſe :
utilité, ſimplicité, voilà toute l'étude de la vie de MARIE-
THÉRÈSE, & tout l'emploi de ſes forces. Peuple reſpectable, ah ! ne nous enviez pas les inquiétudes, les élans,
les ſonges, les tourmens de notre foible & ambitieuſe
raiſon ; laiſſez - nous nos paradoxes, nos ſyſtêmes, nos
vanités, nos erreurs, nos efforts, nos ſuccès même, &
gardez vos paiſibles vertus.

Qu'il faut être grand, MESSIEURS, pour ſe réſoudre à
l'être avec meſure ! Que de hauteur, que d'élévation dans
cette popularité de penſées & de ſentimens, dans cette
ſage activité d'une ame éclairée qui ſe captive, ſe borne
au beſoin, ſe laiſſe maîtriſer par les convenances, oublie
qu'il y a une gloire & une renommée, pour s'occuper du
ſeul mérite néceſſaire, du ſeul talent qui honore un Roi,
le talent de régner ! Et au moment où, ſemblable au Prophète Elie, MARIE-THÉRÈSE prend la forme de ce corps
qu'elle ranime en lui communiquant le degré de vie dont
il eſt ſuſceptible, ne penſez pas que les grands intérêts
lui ſoient étrangers. L'expérience lui a trop appris que
les Rois ne connoiſſent qu'une juſtice armée ; & cette
juſtice, hélas ! qui n'eſt que l'abus plus ou moins heureux
de la force, il faut la rendre formidable. Ici ſe forme une

École où les Talens réunis aux Vertus, façonnent une Jeuneffe ardente à l'amour des devoirs & au mépris des périls : là s'élève le Lycée de Mars, dépôt terrible, où l'Art & le Génie fe donnent la main pour affervir & fixer la victoire dans les combats. Affreufe précaution ! MARIE-THÉRÈSE détourne les yeux de ce dépôt funefte ; mais l'intérêt d'un Peuple qu'elle doit protéger, lui rend ce foin néceffaire. Des mains fidelles, que dis-je ? fidelles, ah ! difons généreufes, s'empreffent à feconder fes vues. L'ordre, la difcipline, le refpect des Mœurs s'établit au milieu de cet Apprentiffage d'audace & d'horreur. Quel eft ce Monument que l'œil étonné diftingue dans ce lycée ? fans doute c'eft l'image adorée de MARIE-THÉRÈSE ? Non. O Lichtenftein ! C'eft toi-même que tu contemples au fein de ces travaux, dirigés & foutenus par ton zèle. Tu n'ofes en croire tes regards attendris ; approche, & reconnois le cœur de ta Souveraine : l'honneur n'eft - il pas le feul prix de l'honneur ? Qu'on vende aux Souverains fes talens & fes veilles, je n'en fuis pas furpris. Hélas ! veulent-ils être aimés ? c'eft le Trône, c'eft la puiffance, ce n'eft pas l'homme fenfible que l'on fert. Dans MARIE-THÉRÈSE, c'eft la gloire de MARIE-THÉRÈSE même qu'on idolâtre : c'eft à fon ame qu'on fe dévoue ; & les rayons de cette ame épanchés fur tous ceux qu'elle en croit dignes, font la plus noble récompenfe de tous les facrifices du zèle & de la fidélité.

Au milieu de cet héroïfme pacifique, quelle intempérie nouvelle, quelle malignité arrache MARIE-THÉRÈSE à fes plus douces efpérances? Un nouvel orage éclate. Trifte illufion de la gloire des armes! elle enflamme, elle paffionne. Une convulfion générale agite au-dehors tous les efprits, tandis que la langueur & la mort frappent le cœur de l'Etat. Avec quel regret MARIE-THÉRÈSE voit le cours tranquille de fa fageffe fufpendu par le tumulte & l'emportement de la guerre! Il vit, ce Héros que l'art de vaincre rendit fi redoutable, & que le feul art de régner qu'il n'a pas moins connu, pouvoit rendre fi célèbre. Je vois par-tout fes lauriers mêlés aux palmes de MARIE-THÉRÈSE. Mais n'attendez pas, MESSIEURS, que je vous raconte cette fuite de combats dont frémiffoit l'humanité. Ma voix n'eft point deftinée à ces récits: ce que je dois vous faire obferver, c'eft le nouveau genre de force & de courage que MARIE-THÉRÈSE oppofe à ce nouveau choc. L'inévitable Frédéric eft par-tout, prévoit tout, répare tout, trouve le triomphe où fes Généraux n'aperçoivent que l'humiliation & le défefpoir; c'eft la foudre qui fillonne l'air d'un pole à l'autre & porte en tous lieux le ravage & l'effroi. MARIE-THÉRÈSE immobile au fond de fon Palais, prévient, déconcerte, arrête tous les mouvemens d'un ennemi qui femble fe multiplier & fe reproduire: c'eft une colonne majeftueufe qui foutient feule un édifice immenfe, dont quelques morceaux détachés par la violence des fecouffes, n'ébranlent point la folidité. Le malheur & la gloire font partagés.

Hélas ! au moment où je parle, cette affreuse gloire agite encore les Nations. Pourquoi les derniers esprits de MARIE-THÉRÈSE ne se répandent-ils pas sur les deux hémisphères ? Ils calmeroient les mers, tous les ports s'ouvriroient à l'industrie & à la liberté. Mais, non : soulevez plutôt, ô mon Dieu ! soulevez l'Océan de votre puissante main ; qu'il devienne une barrière insurmontable à nos efforts, & séparez pour jamais deux Mondes qui ne se rapprochent que par la fureur & la cupidité.

Pardonnez ce mouvement, MESSIEURS ; mon sujet me l'inspire. Eh ! comment ne point aimer les hommes, lorsqu'on repose un moment sur les pensées de MARIE-THÉRÈSE ? Voilà l'histoire qu'il faut étudier, & non ces écrits où l'amour de l'humanité n'est si souvent qu'un vœu froid & stérile. MARIE-THÉRÈSE seule a connu de nos jours cette passion des Titus & des Marc-Aurèles. Et quel dût être l'essor de cette passion, associée à un grand pouvoir & à un grand caractère ! Dans un rang subalterne, l'amour de l'humanité n'a que des effets limités & circonscrits ; mais sur le Trône, son activité peut être sans bornes : il anime, il étend les vues de la politique, il excite les grandes prévoyances, il donne au génie du gouvernement plus de vigilance & de profondeur ; il influe sur le bonheur de tous les Etats, dont les intérêts ont entr'eux une réaction nécessaire : tel il s'est montré dans l'ame de MARIE-THÉRÈSE, & je ne crains pas de le dire, ce sentiment sublime a consacré l'événement même dont l'auſtérité de quelques Sàges a paru bleſſée.

Ne laiſſons rien ici à la prévention & à l'envie. Oſons juger MARIE-THÉRÈSE : elle ne redoute pas l'œil févère de la raiſon. Mais pour la juger, il faut s'élever avec elle & ſe placer à ſes côtés ſur ſon Trône. De cette hauteur jettez les yeux ſur la Pologne. Voyez un Peuple ſans adminiſtration & ſans Loix, un ſceptre ſans mouvement & ſans vigueur, deux Puiſſances qui ſe portent de concert au milieu de cette anarchie, & ſe déſignent fièrement leur conquête ; Puiſſances jalouſes, dont l'activité menaçante ne connoîtra plus de frein ſi elle ceſſe de craindre l'égalité ; Puiſſances rivales, dont le débordement, s'il n'eſt pas balancé, va peſer ſur les Etats de MARIE-THÉRÈSE, & rompre l'équilibre du Nord. Comptable de la tranquillité de l'Empire, auriez-vous écouté une délicateſſe qu'on n'écoutoit pas ? délicateſſe inutile à la Pologne, funeſte à l'Autriche, à l'Europe entière. N'en doutons point, MESSIEURS, il eſt une juſtice ſupérieure aux règles communes. L'indiſcrète cenſure n'aperçoit dans cet événement que le droit de la force & de la bienſéance violemment exercé ; mais qu'elle diſtingue les circonſtances & les motifs ; qu'elle avoue que l'exemple étoit donné, que la raiſon d'Etat, Loi ſuprême des Rois, faiſoit taire tous les conſeils d'une modération dangereuſe, parce qu'on ne l'eût point imitée ; qu'elle ſe repréſente ce cadavre politique, ſans couleur & ſans vie, heureuſement fondu dans une maſſe de Citoyens pleine de chaleur & d'activité; un Protecteur à la place de mille Despotes; un Peuple qui traînoit au milieu de ses diètes turbulentes l'orgueil & l'impuissance, tranquille, régi par des Loix justes; heureux enfin d'échanger les misérables restes d'une liberté déchirée, contre le calme & la douceur d'une soumission honorable.... & tous les doûtes, tous les nuages seront dissipés.

M'accuseriez-vous, Messieurs, de surprendre ici votre jugement? Ne m'en croyez pas, descendez vous-mêmes au fond du cœur de Marie-Thérèse; découvrez-y, s'il est possible, ou le germe, ou la trace, ou quelque disposition complice d'une grande erreur. Quoi! par une subversion subite d'habitudes & de principes, cette injustice se feroit placée au milieu de tant de vertus, seule, isolée dans cette belle vie pour en démentir la gloire? A qui appartiendroit cette espèce de monstre? Est-ce au respect que Marie-Thérèse a montré pour les privilégés de ses propres Sujets? est-ce au noble désintéressement que lui inspira toujours l'amour de la paix? est-ce à ces maximes de religion & de foi, qui l'ont constamment guidée pendant un Règne de quarante ans? Ah! ce n'est pas au pied des Autels, au milieu des tombeaux, & en quelque sorte sous la main de la Mort qu'un Souverain va prendre des leçons d'usurpation & de cupidité. Le Christianisme du moins est un frein de plus; je dis le Christianisme senti, pratiqué : & voilà, Messieurs, la solide gloire de Marie-Thérèse, celle qui la distingue

sur-tout

fur-tout de ces Hommes célèbres, vaine décoration de
ce monde auffi vain que leur célébrité. Ils fécheront
ces lauriers qui décorent fon cercueil; ces Arts utiles
qu’elle a créés, ces Loix, ces monumens de prudence &
de fageffe, fon nom même, l’hiftoire qui le conferve,
ce vafte Empire qui le chérit, tout périra. Au milieu de
ces ruines, il ne reftera qu’un feul titre, le titre de Chrétien; un feul mérite, le mérite de la foi; & ce titre, ce
mérite feul éternife dans MARIE-THÉRÈSE & confacre
tous les autres. Profpérité, fuccès, grâces, jeuneffe,
prérogatives du rang, tout fut foumis à cette foi, règle
unique de fes penfées & de fes mœurs. Quel fpectacle
que celui de la Majefté affervie à la toute-puiffance! C’eft
par ce triomphe que Dieu eft fenfiblement Dieu. Dans les
conditions ordinaires, la Religion a plus d’efpérances que
de rigueurs, plus de confolations que de facrifices. Hélas!
(& nous l’éprouvons tous) pour le commun des hommes
le temps eft fi ingrat & fi vuide, que le cœur a befoin de
l’éternité. Mais pour les Maîtres du monde, que cette éternité eft importune! que la prévoyance eft foible contre
le fentiment! De quel prix doit être pour eux ce temps
dont les illufions font fi douces & les jouiffances fi eni-
vrantes! Qu’elle doit être puiffante la conviction qui
emporte l’ame à travers les féductions toujours renaif-
fantes de l’orgueil & des fens, pour la fixer aux pieds
de fon auteur, fans diftraction & fans partage! Mais
cette conviction fi rare tenoit à la force même & à la

grandeur du caractère de Marie-Thérèse. Oui, son ame étoit trop haute, trop élevée pour n'être pas Chrétienne : c'étoit la seule croyance, le seul aliment qui fut proportionné à son être. Dieu lui étoit néceffaire. Ce Trône ébranlé jufques dans fes fondemens, l'aveugle main du hafard l'avoit-elle raffermi ? Pouvoit-elle defcendre à cette vile penfée ? Ah ! elle s'ennobliffoit elle-même en fe repréfentant le fouverain Etre occupé de fes malheurs & de fa deftinée : tout autre arbitre entr'elle & fes ennemis n'eût pas été digne de fon cœur, & c'eft en redoutant fa juftice, qu'elle honoroit fes immenfes miféricordes. De-là cette piété tendre, cette fidélité délicate qui marqua tous les momens de fa vie ; toute loi, tout précepte évangélique lui fut facré : elle croyoit devoir autant d'exemples qu'elle recevoit d'hommages. Quel trifte privilége en effet dans le rang fuprême, que celui de tout enfreindre, d'ofér tout, de dénaturer tout par l'invincible autorité de l'exemple, d'ôter au crime fa honte, au vice fon fcandale, au défordre fon obfcurité, à l'irréligion fon mafque, & de précipiter toute une Nation dans le plus irréparable de tous les malheurs, celui d'attacher le ridicule au refpect des Loix & des pratiques faintes ! & fouffrez que je l'obferve, Messieurs ; ce n'eft pas dans la folitude des Cloîtres, dans l'impuiffance & l'abandon de la misère, qu'éclate cette pureté de foumiffion & de zèle : c'eft fur un Trône, au milieu des victoires & des trophées ; ce n'eft pas dans ces fiècles obfcurs, trop avilis aux yeux de la raifon pour tenir un rang dans fes faftes, c'eft de nos jours, fous nos yeux, au milieu des progrès de l'orgueil & de l'indépendance; enfin ce n'eft pas dans une ame molle & pufillanime: une auffi longue carrière de force & de fageffe défend trop bien MARIE-THÉRÈSE contre cette lâche calomnie de l'impiété.

Que prétendez-vous donc, détracteurs téméraires de la Religion, vous qui croyez que l'œuvre d'un Dieu peut dégrader l'ame de l'homme? Parlez : à quel prix permettez-vous d'efpérer votre importante admiration ! Que demandez-vous dans un Roi? l'intrépidité dans les périls, la fermeté dans les revers, l'éclat dans les fuccès, le difcernement des hommes, une politique éclairée, l'accord de la raifon & de l'autorité, le refpect de la liberté publique? La Bohème, la Hongrie, l'Autriche, tout l'Empire crie à la fois: Voilà MARIE-THÉRÈSE! Mais cette modération fi rare dans la profpérité, cet amour de la paix fupérieur à l'ivreffe des victoires, cet oubli généreux de fes pertes que vous n'exigez pas & que le Chriftianifme infpire, dans quel rang le placez-vous? Mais ces maximes févères que vous ne cherchez pas, ces principes d'un ordre plus élevé que la morale humaine, ces germes de bonté, de fenfibilité, qu'elle a verfés dans des cœurs qui font le bonheur de la moitié de l'Europe, qui font le vôtre, quelle eftime leur réfer-vez-vous? Foibles Juges! le tableau eft à peine ébauché,

& cette gloire vous étonne, vous accable. Vous détournez en vain vos regards de ces Autels : voilà fon école ! l'efprit de ce même Dieu qui l'infpira vous inveftit ; c'eft aux pieds de Jésus-Christ que cette grande ame s'eft formée. Quel Maître, fi nous étions dignes de l'entendre ! mais fa voix n'eft plus refpectée, elle eft à peine connue. Eh ! que cherchons-nous donc dans ces Eloges prononcés fur le trône de la Mort ? Hélas ! nous en avons fait un vain fpectacle de curiofité. Les tombeaux font muets aujourd'hui, ces Prédicateurs fenfibles n'ont plus rien de fombre & d'impofant ; plus d'inftruction, plus de terreur : la vie & la mort des Souverains, tout, dans ces triftes folennités, eft également perdu pour nous. Ce moment écoulé, nous rentrerons fur le fragile théâtre de la vie, vains acteurs que nous fommes, avec toute la fécurité de l'orgueil, & tout l'abandon de l'indifférence. O cœur religieux de Marie-Thérèse, parlez ici à ma place ! Vous appartenez à toutes les Nations : inftruire ou confondre, voilà le droit naturel de la vertu. Que refte-t-il donc à ce fiècle pervers, s'il abufe de fon admiration même, la derniere grâce que le Ciel accorde à la préfomption & à l'indocilité ?

Achevons, Messieurs. Vous venez de voir à quels traits on doit reconnoître la vraie gloire ; tout eft pur dans la renommée de Marie-Thérèse. Il me refte à vous montrer le noble ufage qu'elle a fait de fon autorité : tout fut confolant fous fon Empire.

SECONDE PARTIE.

Où porterai-je votre admiration, MESSIEURS? quelle abondance d'images & de faits fort, pour ainfi dire, de cette vie toute Royale ? Dans un Eloge ordinaire l'Orateur peut donner de la couleur & du mouvement à quelques faits célèbres qui furnagent en quelque forte au milieu du vuide de la vie; ici tous les genres de furprife, d'intérêt, d'attendriffement même font réunis..... & je vais parler de l'autorité ! A ce nom formidable, qui, comme un coup de tonnerre, retentit fi fouvent dans la cabane du pauvre & fait couler fes larmes, je ne fais quel fombre nuage s'élève dans l'imagination : le cœur fe refferre ; on fe repréfente un ennemi vague & confus qui fatigue la liberté, qui pèfe fur la penfée ; car je ne parle point ici de l'autorité des Loix : égale, impaffible, invariable, elle protége, elle vivifie. Dans MARIE-THÉRÈSE l'autorité ne fut autre chofe que le jugement de fon efprit, & le mouvement de fon ame : telle on peignoit autrefois l'impérieufe Fatalité, que rien ne dominoit & qui commandoit à tout.

Peuples, cette penfée vous alarme, raffurez vous ; une grande ame eft le fupplément des Loix. Pour les Souverains comme pour les Sujets, la néceffité des formes n'accufe que la corruption des mœurs. Ah ! la vertu n'en a pas befoin ; que dis-je ? elles ralentiroient fa marche, elles éteindroient cette flamme facrée qui fe nourrit, qui s'accroît de fon ardeur même & de fon activité. Un Roi toujours Roi, un Roi abfolu toujours jufte, un Roi jufte toujours fenfible & humain : voilà le fpectacle que je vais vous offrir. Ou mon fujet me féduit, ou ces traits réunis forment le plus beau caractère moral qui ait jamais paru fur le Trône.

Vous avez vu, MESSIEURS, MARIE-THÉRÈSE, fe livrant aux premiers befoins de fon Peuple, lui imprimer ce mouvement général qui développoit fes forces fans compromettre fon caractère & fes mœurs. Suivons cette prudente Adminiftration dans quelques-uns de fes rameaux. Vous connoiffez la fierté de la victoire ajoutée au fentiment de la puiffance arbitraire ; le prodige de la fageffe dans une jeune Reine eût été de craindre cette double ivreffe : MARIE-THÉRÈSE ofe plus ; elle fe fait juftice, & ne redoute rien. Rien ne l'étonne, ni fa grandeur, ni fon pouvoir ; un feul Maître, une feule chaîne lui refte, l'Équité : l'Équité fe placera entr'elle & fon Peuple, image augufte & févère, que la main de la Flatterie ne voilera jamais ; l'Équité défendra ce Peuple contre tout ce qui environne le Trône, contre le Trône même. Ce genre d'Efclaves qui ne rampent que pour opprimer, Vautours obfcurs, pour qui l'État eft une proie toujours renaiffante, fera inconnu à fa Cour ; elle jugera de tout en Roi ; fa confiance, fon eftime ne fera point le prix des agrémens frivoles ; l'Intrigue fera vile & impuiffante. Elle n'aura d'autre Favori que le talent, & le don fi rare de fentir & de penfer comme elle, fera le feul art de lui plaire. Ce caractère une fois établi, Messieurs, il ne refte plus d'admiration pour les détails : tout fe fuit, tout s'enchaîne, & l'abfence d'une feule vertu feroit plus étonnante que la réunion de toutes ne peut l'être.

Il ne fuffit pas aux grandes Monarchies de renfermer dans leur fein une multitude d'hommes fermes, patients, laborieux, qui fachent affocier les travaux de la paix au génie de la Guerre : cette multitude immenfe ne préfente à l'œil politique que des hommes ifolés. Pour devenir un grand Peuple, ils ont befoin d'un *Confeil*, qui foit le principe & le modérateur de leur action. Tel eft, dans le corps humain, cet efprit invifible, qui penfe, délibère, ordonne & fait mouvoir, à fon gré, des inftrumens aveugles & muets. C'eft à la vigueur & à la fageffe de ce *Confeil* que la fortune des Empires eft attachée ; c'eft lui qui forme une maffe redoutable de toutes les forces féparées, qui détermine le befoin, le moment & le degré de l'impulfion, qui crée, qui preffe ou ralentit tous les mouvemens ; c'eft lui qui interroge le paffé, étudie le préfent, calcule l'avenir : il ordonne aux évènemens de naître ; il les fufpend, il les accélère, il affocie à la confervation ou à la grandeur d'un État tous les êtres qui l'environnent, les vertus, les foibleffes, les vices des Nations & des Souverains : il compofe la deftinée d'un Peuple des deftins de tous les Peuples.

Tel a été, Messieurs, le *Confeil* de Vienne, dont

Marie-Thérèse étoit l'ame; & remarquez quelle devoit
être la fageffe, la force & l'activité de ce Confeil. Il n'eft
que trop prouvé par le malheur des Peuples, que plus
les Monarchies font étendues, plus leur Gouvernement
devient difficile & compliqué; mais fi elles font compo-
fées de plufieurs grands corps, jetés à de grandes diftances;
fi, comme l'Empire fondé par Charles-Quint, ce grand
arbre étend fes rameaux des frontières de la Tranfilvanie
aux frontières de la France & de la Hollande, & du Nord
de l'Allemagne a pouffé des rejetons jufques dans l'Ita-
lie; fi, parmi les différens Peuples qu'il couvre de fon
ombre, on rencontre des Loix, des Habitudes, des Ufa-
ges, des Priviléges différens; fi la Langue, ce lien naturel
des Sujets d'un même Empire, n'eft point par-tout la
même, alors une Adminiftration fans violence & fans
fecouffe, devient le chef-d'œuvre de l'efprit humain.
Il faut, de tous ces membres épars, ne former qu'un feul
corps; il faut qu'un même Agent circule & atteigne du
centre aux extrémités; il faut plier le même Gouvernement à des Légiflations diverfes que les divers Peuples
ont reçues de leurs Ancêtres: patrimoine facré, qui leur eft
d'autant plus cher, que cette Légiflation eft plus inti-
mément unie avec leurs Mœurs; il faut fur-tout remplacer
l'amour de la Patrie par l'amour du Monarque, faire fentir
la Souveraineté, toujours préfente à ceux que l'œil du
Souverain ne voit jamais; mais en même temps veiller
fur les Dépofitaires du Pouvoir, & mettre un frein févère

au

au Defpotifme fubalterne, le plus impitoyable de tous. Quel art & quel génie dans ce réfultat! Voilà l'hiftoire du Règne de MARIE-THÉRÈSE. Avec quel concert toutes les parties de ce vafte Empire fe combinent fous la main favante qui les dirige! Il femble que MARIE-THÉRÈSE fe transforme; ce n'eft point au bruit des chaînes qu'elle contient cette maffe, toujours prête à fe défunir par le mélange & la rudeffe de fa compofition: on croi-roit qu'elle verfe fur chaque climat l'influence qui lui eft propre. Ici elle modifie fon autorité; là elle la rend plus ferme & plus active. Elle ne fouffre pas que l'Efprit particulier altère fes penfées, dénature fes deffeins, fous le fpécieux prétexte d'en étendre ou d'en précipiter le fuccès; elle marque le but, & tout ce qu'elle affocie à fon augufte vigilance, y marche fans fe diftraire. L'im-mobilité des maximes, l'unité de vues & de volonté, ramène tout à un feul intérêt, donne à tout ce grand corps un mouvement égal & uniforme. Tels, dans l'im-menfité de l'efpace, les globes attirés vers un centre com-mun par une force inconnue, marchent en filence, dans des directions diverfes, pour produire l'harmonie générale.

Si nous fuivons, au-dehors & dans les Cabinets de l'Europe, l'influence de MARIE-THÉRÈSE, nous la verrons déployer par-tout, à la tête de ce *Confeil*, la même di-gnité, la même profondeur; déméler la trace oblique & tortueufe de tous les intérêts qui fe voilent; obferver les mouvemens, ou apparens ou cachés, de toutes les Nations, depuis celles dont l'antique puiſſance repoſe ſur des baſes connues, juſqu'à celles dont la grandeur naiſſante, & par - là même plus formidable peut-être, parce qu'on n'en a pas encore la meſure, eſſaie, à chaque occaſion, le développement de ſes forces, en augmente l'effet par la Renommée, & joint à des moyens vaſtes cette première efferveſcence d'ambition & de gloire que donne, pour ainſi dire, la jeuneſſe à une Puiſſance nouvelle. Vous *, qui, dans ce labyrinthe immenſe, partageâtes les ſoins & les veilles de MARIE - THÉRÈSE, digne Confident de ſes penſées, dont l'œil eſt ſi perçant, l'action ſi puiſſante & ſi ſimple ; vous qui marchiez d'un pas ſi ſûr dans les temps les plus difficiles, tandis que tous les Conſeils Étrangers s'égaroient : c'eſt à vous de redire quel fut l'aſcendant de cette Politique patiente & calme, ferme ſans préſomption, vigilante ſans inquié-tude, qui porta, dans toutes les Cours de l'Europe, non une activité de domination & d'audace qui remue tout pour tout aſſervir, mais une force de réſiſtance & de pré-caution, qui tempère, qui conſerve, & ne menace pas.

Peut-être, MESSIEURS, manquerois - je ici à votre at-tente, ſi j'éloignois de vos yeux un tableau vers lequel l'imagination ſemble ſe porter preſqu'involontairement. Qui de vous, en effet, ne rapproche pas, dans ce mo-ment, la célèbre Éliſabeth d'Angleterre de l'immortelle MARIE-THÉRÈSE ? Je ſais que la Religion les diſtingue ; mais quel brillant parallèle pour l'Hiſtoire ! Toutes deux honorant leur Sexe, leur Pays, leur Trône, ont donné des leçons de génie aux Rois, &, ce qui eft plus rare encore, ont confacré le génie au bonheur des Peuples; toutes deux, exercées par le malheur, ont appris, dans la lutte pénible contre l'adverfité, à fortifier leur caractère, à étendre les reffources de leur ame, à fe foumettre les événemens, & à fe faire un héroïfme de circonftances autant que de principes. Élifabeth, plus créatrice peut-être, & plus hardie, a préparé les ambitieux deftins de l'Angleterre: MARIE-THÉRÈSE, plus mefurée, a déployé cette intelligence confervatrice qu'exigeoit la longue & antique domination de l'Autriche. La première, réprimant un Peuple impatient & fougueux, également terrible, foit qu'il fente l'excès de la fervitude ou de la liberté, le contint fans l'avilir, & détournant cette activité inquiète vers de grands objets, lui créa, fi j'ofe ainfi parler, un nouvel apanage, la Mer; une nouvelle Patrie, les deux Mondes: la feconde, excitant un Peuple calme, & dès long-temps plié par la douce difcipline des Loix & des Camps, lui a infpiré le goût d'une richeffe utile, & d'un genre de conquête conforme à fes mœurs, celle de fon propre Pays par le travail & l'induftrie. Ainfi, l'une tourna vers l'Empire & la Fortune le génie de la liberté: l'autre a dirigé vers un bonheur tranquille le génie de l'obéiffance. Toutes deux ont joui d'un pouvoir prefque abfolu; mais l'efpèce de defpotifme d'Élifabeth tenoit à fon caractère, celui de MARIE-THÉRÈSE à la Conftitution de l'État. Élifabeth , par fa fierté naturelle , tendoit fans ceffe le reffort d'un Gouvernement , où les droits des Peuples étoient indécis , où les bornes mobiles de l'autorité étoient déplacées à chaque Règne par la foibleffe ou la fermeté des Monarques : MARIE-THÉRÈSE, en montant fur le Trône , hérita d'une puiffance illimitée , appuyée fur plufieurs fiècles , accrue & , pour ainfi dire , confacrée par l'opinion , cette première Légiflatrice des États , qui fonde ou juftifie tous les droits ; mais cette Conftitution , fans équilibre , trouva fon contre - poids dans l'ame de la Souveraine qui devoit y préfider. L'une enfin , par fes fuccès & fa grandeur , força le fier Bréton de lui pardonner le defpotifme de fa volonté ; l'autre , par fa modération & fa douceur , tempéra le defpotifme des armes & de la légiflation arbitraire : elle n'en retint que le droit d'être bienfaifante fans contradiction , & de faire envier à l'indépendance même l'heureufe néceffité de lui obéir.

Mais cette douceur, cette modération, dont je parle, ne les confondez pas, MESSIEURS, avec la coupable indifférence qui femble ifoler le Souverain , & le rendre étranger aux mœurs de fes Sujets. Oui , je l'avouerai , MARIE-THÉRÈSE arma fon autorité en faveur des bienféances publiques; jaloufe des honneurs de la vertu , elle ajouta , fi j'ofe m'exprimer ainfi , la pudeur du Trône à la pudeur de fon Sexe. Eh ! quel afile peut refter à l'Honnêteté & à la Décence , fi elles n'en trouvent pas aux pieds d'une Reine ?

ce nom feul eft leur Protecteur naturel. Quel charme
pour un Souverain, de voir régner autour de lui, non-
feulement fes Loix, mais l'innocence de fes penfées &
la pureté de fes goûts ; d'entretenir dans les familles le
calme de la paix avec la dignité des fentimens ; d'étouffer,
en le flétriffant, l'audacieux talent de la féduction ; d'honorer ces fermens mutuels que la licence & la dépra-
vation du cœur ont prefque décriés de nos jours! Amour
conjugal! fentiment enrichi de tous les tréfors de la Nature, nœud facré, que les nœuds les plus chers refferrent
encore & fortifient, vous trouverez donc une place dans
cet Éloge ; tant d'éclat, tant de vertu vous accompagne,
que vos faintes délicateffes feront refpectées dans MARIE-
THÉRÈSE. Quelle corruption affez défefpérée oferoit méler
le ridicule à tant de gloire! quel cenfeur affez intrépide
s'élèveroit contre cette courageufe Intolérance qui pour-
fuivoit le vice fous toutes les formes, fous celles des
plaifirs même les plus autorifés ? Elle ne profcrit pas ces
ingénieux délaffemens que la Sageffe humaine avoue,
que la Politique, peut - être, rend néceffaires; elle les
épure : elle bannit de fes Théâtres cette gaieté licencieufe
qui alarme la Délicateffe, qui avilit jufqu'à la Raifon ;
fource empoifonnée, d'où s'élèvent ces vapeurs qui fe
dépofent imperceptiblement dans les efprits, & corrom-
pent bientôt toute la maffe des Mœurs publiques. Ces
Écrits, l'École du Crime & du Scandale, cet Art qui les
anime & les perpétue par fon burin, ces Jeux effrénés,

ces fêtes cruelles de l'Avarice, où le plus heureux ne
cherche que le triste plaifir de dévorer le dernier foupir
de fa victime, tout ce qui peut être un danger ou un
écueil, eft foumis à la plus fcrupuleufe recherche, ré-
primé par les Réglemens les plus févères. De-là, la gravité
des Mœurs, la rivalité des bons exemples, cette pré-
cieufe harmonie de principes & d'habitudes entre le Souverain & les Sujets, qui porte jufqu'au dernier rang des
Citoyens l'amour & le refpect de l'ordre. Ah ! Messieurs,
qu'il eft confolant pour un Peuple d'être tout enfemble
heureux & jufte par les mêmes Loix ! Ce fublime accord
fut l'ouvrage de Marie-Thérèse. Eh ! pourquoi ne
feroit-il pas l'objet de l'émulation des Rois ? Je ne leur
dis pas : Soyez vertueux ; l'amour-propre même leur en
fait une néceffité : trop de honte fuit l'éclat du défordre
fur le Trône ; mais je leur dis : Ayez le courage de vos
vertus ; qu'un mépris folemnel, attaché fur les pas du
Vice, dénonce votre volonté fuprême ; d'un feul regard
vous fuppléerez les Loix. Hélas ! n'êtes-vous donc puif-
fans que pour couvrir l'Univers de ruines & de deuil ?

N'exagérons rien. Non, un Souverain ami des Mœurs,
un Souverain équitable & modéré, n'eft point un prodige ; & s'il en étoit un, France ! tu n'aurois point affez
de Temples pour rendre grâces au Ciel de l'avoir repro-
duit pour toi. Mais qu'un Souverain abfolu fe foit perfuadé
que régner c'eft s'immoler ; qu'il ait exifté fur la terre
une ame affez grande pour fentir que le Trône n'eft que

le magnifique tombeau de l'Intérêt personnel ; que tous
les droits, tous les titres qu'on y raffemble font des maîtres févères qui ne donnent que des chaînes & n'impofent
que des devoirs ; que ces devoirs & ces chaînes aient été,
pendant quarante ans, l'unique volupté de cette ame gé-
néreufe, voilà le prodige !

Ici, Messieurs, je fens tout le poids de mon fujet.
Ah ! c'eft dans les murs de Vienne, c'eft à l'afpect du
Palais Impérial qu'il faudroit parler. Que de voix gémif-
fantes s'élèveroient du fein de ce Palais ! quel Auditoire
que celui qui feroit formé de tous les Malheureux que
Marie - Thérèse a fecourus ! Chaque mot que je pro-
noncerois retentiroit jufqu'au fond de leur ame, chacune
de mes penfées fe peindroit dans leurs traits, & feroit
juftifiée par leurs larmes. C'eft ici, leur dirois-je, que,
fans fafte, fans appareil, avec ces grâces qui adouciffent
l'impreffion de la Majefté, Marie - Thérèse recevoit ou
vos vœux ou vos plaintes. Nulle barrière, nul obftacle ;
vous n'aperceviez entr'elle & vous que fa juftice, &
cette juftice, comme un rayon doux, defcendoit au fond
de votre ame pour y chercher la vérité, feule recomman-
dation qui vous fût néceffaire. Reconnoiffez ce Trône,
où l'Indulgence, la Pitié, l'Humanité furent toujours
affifes, les mains étendues vers le Befoin & le Malheur :
c'eft au pied de ce Trône qu'un Croate, prêt à fuir
fon drapeau pour voler au fecours de fa famille expirante
dans la mifère, trouvoit fa femme & fes enfans baignant

de leurs larmes les genoux d'une Bienfaitrice généreuse:
c'eft de-là qu'il partoit pour enflammer tout fon Pays, &
groffir l'armée Impériale de tous les Enthoufiaftes qu'il al-
loit affocier à fa reconnoiffance. Voilà, leur dirois-je encore, cette route fecrète..... Ah! vous le favez, elle n'étoit
pas deftinée à la fombre intrigue, à la délation ténébreufe;
c'eft par ces détours ignorés que l'ame de Marie-Thérèse
s'échappoit, fans laiffer aucune trace, pour s'unir à la
noble Indigence, qui pouvoit rougir & de l'aveu du befoin & de l'humiliation du fecours. Rappellez - vous le
Danube rompant fes digues, roulant, au fein de vos foyers,
le ravage & l'horreur : quelle main protectrice vous fou-
levoit au milieu des ondes écumantes, & portoit jufqu'à
vous la confolation & la vie ? Repréfentez-vous les flam-
mes dévorant vos afiles; vos femmes, vos enfans, vous-
mêmes affis fur leurs débris fumans : quelle main bienfaifante effuya vos pleurs & répara vos pertes? Ah! fans
doute, à ce récit attendriffant, les foupirs, les fanglots
s'échapperoient avec violence de tous les cœurs : je me
troublerois moi-même au milieu de cette fcène éloquente;
& mon trouble, mon filence, l'égarement de mes efprits,
la loueroient bien mieux que toutes mes penfées.

O cœur fenfible de Marie-Thérèse! vous n'êtes donc
plus que pouffière; un court efpace vous renferme, vous
à qui rien n'étoit étranger, vous qui, par vos foins &
par vos fentimens, embraffiez un Peuple immenfe. Hélas!
vous étiez fi néceffaire à la gloire & au bonheur de l'Humanité;

manité ; quels titres pour être Immortelle! Que dis-je?
l'inexorable Mort ne vous a point ravi tout entier à l'Europe , nous vous retrouvons au milieu d'une Nation que vous
aimâtes ; vous revivez pour la France , ou plutôt le cœur
de *MARIE-ANTOINETTE* est une partie de vous-même,
vous n'avez fait que changer de Trône. Augufte Reine,
l'adulation n'a point de part à cette louange : vous la
méritez , & cette jufte louange vous affure. le tribut de
toutes les autres. Ah ! la fenfibilité est le germe, auffi-
bien que le préfage des grandes vertus. L'amour du bien
public n'en est - il pas l'effet néceffaire ? & cet amour,
première paffion du Trône, détermine invinciblement à
tout ce qui est noble & jufte. Oui , toute la gloire de
votre illuftre Mere est votre héritage naturel , puifque
vous lui reffemblez par les grâces & par le cœur. Si le
nom de MARIE-THÉRÈSE porte ce foible Difcours jufqu'à
vous, en lifant fon Éloge, vous lirez vos deftinées & nos
efpérances.

Eh ! quel garant plus sûr d'une éternelle mémoire , que
cette bonté fecourable qui abaiffe la Majefté, qui la rapproche, comme le Dieu qu'elle repréfente, de tous les
états & de tous les befoins. Ah! ce ne font pas les Grands,
c'est le Peuple qui prononce l'apothéofe des Rois ; & ce
Peuple eut toujours les premiers droits aux foins pater-
nels de MARIE-THÉRÈSE: jamais la bonté ne fut plus ingénieufe à tromper l'orgueil du rang, à varier fes procédés,
fes mouvemens, fes formes, pour fe ménager plus de
moyens de fe communiquer & de fe répandre.

Ce myſtère de la vie privée des Souverains, ces retraites impénétrables, où s'endort l'indifférence, où l'oubli des devoirs prend toute l'importance & tout le charme d'un plaiſir néceſſaire, MARIE-THÉRÈSE ne les connoît point. Dans les autres Gouvernemens, les Loix toujours muettes & inanimées ne prévoient rien : elles ne s'arment point contre les tentations du Crime, elles le puniſſent. A Vienne, on ſentoit le frein d'une Loi toujours dominante, plus impérieuſe, peut-être, que la Loi des vengeances, la préſence de MARIE-THÉRÈSE. Elle ſavoit que la licence eſt plus timide lorſque le Souverain eſt plus près des abus; & les prévenir tous, pour n'avoir rien à punir, étoit le vœu, & eût été un triomphe pour ſon cœur. Dans les Temples, dans les Cercles, dans les Places publiques, on la trouve par-tout. Ici elle interroge; là elle obſerve : ailleurs elle corrige ou elle conſole. Suivez-la dans ſes jardins; elle marche ſans gardes, ſans précaution : on diroit qu'elle éteint l'éclat de ſon rang pour en augmenter le charme & le pouvoir; ſemblable à la Providence, qui n'a ni Temple ni Sanctuaire, dont les yeux ſont toujours ouverts, dont l'action eſt toujours égale, MARIE-THÉRÈSE ne diſtingue ni les momens ni les lieux; ſon Tribunal eſt par-tout. Repréſentez-vous (ah! tous les bons Rois ſe reſſemblent), repréſentez-vous Louis IX, portant ſous ces chênes antiques, ſi célèbres dans nos faſtes, non la pompe du Trône, mais toutes les grâces, toute la facilité de la bonté : telle étoit MARIE-THÉRÈSE. On ne remarque autour d'elle ni les chef-d'œuvres de l'Art, ni les prodiges du Luxe & de la Magnificence épuifée. Des Pauvres, des Orphelins, des Veuves, des Soldats mutilés : voilà les ornemens de fes jardins. Oublierai-je cette délicateffe, cette recherche de condefcendance dont il me femble que l'Hiftoire n'offre aucun exemple? Pour tous les hommes, le travail a fes délaffemens & fes intervalles; la chaîne de cette fervitude univerfelle fe relâche au moins dans ces jours confacrés à honorer la bienfaifance fuprême : ces mêmes jours, MARIE-THÉRÈSE les emploie à rendre cette même bienfaifance fenfible. Elle ne veut pas que des Citoyens, dont tous les momens ont un prix, perdent un feul de ces momens, dans l'attente d'une juftice qui leur eft due; elle ne fouffre pas que cette juftice leur coûte une portion de ce pain qu'ils arrofent de leurs fueurs. Que le Souverain Être permette le repos, le devoir de MARIE-THÉRÈSE eft de ne fe repofer jamais : Image de cet Aftre infatigable, dont la courfe éternelle vivifie tout, répare tout.

Ingrats, qui cenfurez fi légèrement les Rois, favez-vous ce qu'il en coûte pour vous rendre heureux? tandis que, dans l'abondance & dans la paix, vous jouiffez de votre tranquille inutilité; tandis que vos jours, vos poffeffions, vos héritages font protégés; tandis que pour vous un fommeil que tout favorife, fuccède à des plaifirs que rien ne trouble, les bons Rois veillent. Chaque jour MARIE-THÉRÈSE devance l'aurore par le travail; tout eft calme dans fon Empire : elle feule eft agitée : elle feule craint, prévoit, doute, s'inquiète; Ennemis, voifins,

Alliés, Sujets, Confédérations, Traités, la paix du dé-
hors, la sûreté du dedans, elle embraſſe, elle ſoutient,
elle affermit tout : nulle diſtraction, nulle trève, peu de
conſolations, encore moins de plaiſirs..... Répondez, qui
de vous, à ce prix, voudroit être Roi ? Eh bien ! ce prix,
qui étonne vos foibles ames, n'eſt que la juſte meſure des
devoirs de la Souveraineté. Tombez donc aux pieds de
MARIE-THÉRÈSE, & pardonnez aux foibleſſes des Rois.

Je dois cependant l'avouer, MESSIEURS, au milieu de
ces nobles ſollicitudes, MARIE-THÉRÈSE connut quelques plaiſirs, & ces plaiſirs ſont du même ordre que ſes
vertus, ſublimes comme elles. Ne calomnions ni le Trône
ni les Rois; non, la ſenſibilité ne leur eſt pas étrangère;
tous les grands Rois ſont ſenſibles. Henri IV, Sully !
cœurs généreux que l'intrigue ne put jamais déſunir !
noms immortels, vous vivez dans les faſtes de l'amitié ! & puiſque ce ſentiment céleſte eſt ſi rare dans les
conditions ordinaires, croyons que ſa langueur, ſon ari-
dité n'eſt en effet ni le vice, ni le malheur du Trône.
Ames frivoles & légères, ah ! vous n'avez pas beſoin d'un
Trône pour être toujours le jouet du caprice ou de la
nouveauté, pour n'éprouver que des ſenſations d'un moment ou d'un jour, pour vous diſtraire des plus doux
mouvemens de la nature; vous ne connoiſſez pas ce
commerce preſque religieux d'attentions & de ſoins qui
prévient le deſir, devine le beſoin, donne un ſi grand
prix aux plus petites choſes; cet échange perpétuel de
goûts, de penſées, de volonté, qui anime en quelque ſorte
deux êtres du même ſouffle & du même eſprit : voilà

l'Amitié, ou plutôt voilà le cœur de MARIE-THÉRÈSE ! Au milieu de cette multitude d'intérêts qui la partagent, son ame disperfée, pour ainfi dire, dans fes vaftes Etats, fe recueille dans la douce idée de ce qu'elle aime. Fatiguée des tourmens attachés à la plus rare, mais à la plus dévorante des paffions, l'amour du bien, elle trouvoit dans l'amitié qui repofe & qui confole, le contre-poids de toutes fes peines. Elle en avoit les procédés, les grâces, les empreffemens, la tendre obftination. Et ne penfez point, ô vous qu'elle chérit ! que ce charme s'éteigne par l'habitude, ou s'entretienne par la feule impreffion de votre préfence. Les deftinées vous éloignent d'elle ? fon cœur comme effrayé de fa folitude, fe précipite fur vos pas, il vous fuit; les années s'écoulent, d'infurmontables obftacles vous féparent : ce cœur, immobile dans fon choix, fe fixe auprès de vous; vous le retrouvez dans vos craintes, dans vos efpérances, de près, de loin ; confolateur ou confident, il vous rend tout le bonheur qu'il reçoit de vous. Augufte famille, objet conftant de fa vigilante tendreffe, que ne puis-je m'enflammer de votre efprit, que ne puis-je du moins emprunter vos fouvenirs pour peindre la fenfibilité de MARIE-THÉRÈSE ! Elle étoit mère : calculez, MESSIEURS, s'il eft poffible, ce que l'élévation & la force de fon caractère dut ajouter à ce grand intérêt; jugez de la chaleur de cette ame qui, par fa feule énergie, fe portoit à toutes les perfections de la nature, ne s'arrêtoit qu'aux bornes du bien, & qui trouvoit le plus doux des fentimens dans le plus faint de tous les devoirs.

Je vous fatigue, Messieurs: je fais que toute louange languit, que l'intérêt s'épuife. Mais mon fujet me répond de vous. Connoiffez Marie-Thérèse toute entière; peut être puis-je prétendre encore à votre furprife. Religion fainte! Eft-ce à l'afpeĉt de vos Autels que j'oferai louer l'art de plaire? Oui, vous n'en rougirez point. Cette fingularité, Marie-Thérèse la confacre: tant il étoit de fa deftinée d'attacher à tout, le caraĉtère de la grandeur & de la vertu! Cet art fi frivole fouvent dans fes refforts, fi méprifable dans fes motifs, fi criminel dans fon objet, Marie-Thérèse en avoit fait l'art de la vérité qui fe communique, l'art de la majefté qui fe cache, l'art de la Souveraineté qui enchaîne & qui veut qu'on l'oublie. Peignez-vous ce facile épanchement d'une ame franche & noble, qui vient fe placer auprès de la vôtre; cette grâce qui pare la raifon, adoucit le refus, embellit la faveur; cette fenfibilité ingénieufe, qui femble être d'intelligence avec votre amour-propre pour choifir l'accent qui le flatte le plus; cet intérêt tendre qui agrandit à vos yeux vos propres avantages, & vous rend plus chers ou vos plaifirs, ou vos fuccès; enfin ce charme de l'efprit & des manières qui fait oublier la beauté même: vous n'aurez encore qu'une foible idée (permettez-moi cette expreffion) de la magie de Marie-Thérèse; & telle étoit cette magie, que dans cet empire de la force, puifqu'un ordre du Souverain armoit deux cents mille hommes, on n'a jamais fenti que l'empire de la féduĉtion; que tous les Étrangers devenoient fes Sujets, que tous ſes Sujets étoient ſes amis, & que dans ces derniers la fidélité étoit une adoration & un culte. *Dites du moins à MARIE-THÉRESE*, s'écrioit un de ſes Officiers percé de coups, *dites-lui que je meurs ſans regret, puiſque je meurs pour elle.*

François qui m'écoutez, ou vous n'êtes plus ce Peuple ſenſible, ſi célèbre par l'amour de vos Maîtres, ou chaque mot qui forme ce récit, doit pénétrer comme un trait de feu juſqu'au fond de vos ames. Eh! quelle ſeroit votre ivreſſe, ſi je vous parlois de la reconnoiſſance de MARIE-THÉRÈSE? la reconnoiſſance! quelle vertu pour le Trône! ce domaine de toutes les paſſions ſuperbes, cet autel où ſe confondent tous les vœux, où les vapeurs éternelles d'un encens qui fume dans toutes les mains, perſuadent à l'idole enivrée que le zèle eſt devoir, que tout ſacrifice eſt juſtice, & que le dévouement aſſez honoré par ſon objet, eſt toujours aſſez payé par l'éclat & l'activité qu'on lui donne. Que les Rois ſont à plaindre ſi leur grandeur, leurs préjugés, l'air qu'ils reſpirent repouſſent en effet de leur ame deſſéchée ce ſentiment magnanime! craindroient-ils de compromettre leurs juſtes droits? Ah! qu'ils interrogent le cœur de MARIE-THÉRÈSE, ils y verront ce ſentiment fortifié par l'intérêt même de ſa puiſſance. Que dis-je? cet intérêt étoit trop peu digne de ſon cœur; elle ſentoit qu'il falloit du moins couvrir de fleurs ſes nobles victimes; que l'or étoit un trop foible échange du ſang qu'on verſoit pour elle: ſoins, attentions, aveux publics, ſouvenirs ineſpérés , faveurs inattendues, elle prodiguoit tout pour acquitter la dette immenfe de fa délicateffe. Allez , Milice valeureufe , épuifée de fang & d'années , peupler cet afile que Marie-Thérèse vous deftine ; le Ciel le plus pur , les campagnes les plus fécondes vous attendent : il eft bien jufte qu'au milieu de ces vaftes héritages que vous avez défendus , vous trouviez du moins le repos & un tombeau. Que peuvent craindre des Guerriers ? Ah ! ce n'eft pas la mort , c'eft le refte de la vie. De quel prix ne paye-t-elle pas les heureux foins qui lui confervent un Officier François (1) dont elle diftingue la valeur brillante & les rares talens ? Croira-t-elle pouvoir répandre affez d'honneurs & de gloire fur l'illuftre Compagne (2) du Héros de *Chotèmitz* ? Que fera-t-elle pour le Héros même ? Elle dépofera dans fes mains victorieufes tous les droits de ce Trône qu'il a foutenu. Dans ce camp où tout parle de fon triomphe , juftice , grâces , récompenfes , tout dépendra de fon autorité : il fera Roi. Elle chargera le fils de ce grand Homme d'un ordre qu'il n'ouvrira que fous les yeux du vainqueur , à la tête de fon armée ; qu'apercevra-t-il alors ? une carte de la Bohème , le nom du Village de *Chotèmitz* tracé en caractères apparents , & au-deffous on lira cette infcription digne des temps héroïques , écrite de la main de Marie-Thérèse même : *C'eft ici que votre père a fauvé mon Empire , je ne l'oublierai jamais.* Monument immortel pour le père , encouragement glorieux pour le fils , tout eft réuni dans ce trait auffi attendriffant que fublime. C'eft avec ce goût ,

cette

(1) Feu M. le Comte de Montazet.

(2) Madame la Maréchale Daun.

cette recherche, cet art dont le cœur seul a tous les fecrets, que MARIE-THÉRÈSE paie les fervices & le zèle ;
combat généreux, où fon ame fembloit encore affecter
la fupériorité ; elle vouloit qu'avec les grâces de la fenfibilité, fa reconnoiffance rappelât en quelque forte la
majefté de fon rang. Il eft dans toutes les bouches, il
paffera dans tous les âges ce mot vraiment royal, que la
vanité des Conquérans & des Rois ne devoit point trouver : mot à jamais mémorable réfervé au cœur de MARIE-
THÉRÈSE. Hélas ! pourquoi, ô mon Dieu ! avez-vous permis qu'il fût le dernier ? *Je lègue à mon Armée* * ......
Arrêtez, augufte Princeffe, fufpendez ces formules
funèbres ; ou fi le terme fatal eft arrivé, prononcez en faveur de l'Humanité entière : léguez à toute l'Europe
votre ame & votre-efprit, & que vos derniers vœux
défarment la valeur pour ne laiffer régner que la
juftice.

Mon fujet m'entraîne, MESSIEURS, & MARIE-THÉRÈSE
m'échappe. Le voilà donc ce terme affreux, ce moment
auffi imprévu que rapide ! La mort fe montre, la mort
l'appelle ; MARIE-THÉRÈSE l'obferve, & fes intrépides
regards femblent lui dire : *Je fuis prête.* Que pouvoit la
mort fur une ame qui, fous le voile du temps, habitoit
l'éternité ? Ofons, MESSIEURS, en imitant fon courage,
nous élever ici jufqu'à fa penfée. Ne pleurons pas MARIE-
THÉRÈSE, pleurons ces Rois dont la vie entière n'eft que
l'oubli de la vie même. Non, MESSIEURS, cette mort
inattendue n'a point été pour elle une mort prématurée ;

* Article du tefta-
ment de MARIE-
THÉRÈSE.

H

elle fut un bienfait : le Ciel a voulu qu’elle emportât fa
gloire toute entière , qu’aucune ombre , aucune tache
ne ternît cette belle vie ; car, hélas ! qu’eft-ce en général
que la vieilleffe? une léthargie , un fommeil, l’épuifement
de toutes les facultés qui s’éteignent , le trifte & humiliant
fimulacre de la vie même : & en particulier qu’eft-ce que
la vieilleffe fur le Trône ? Il femble que ces rides , qui
ne refpectent pas les fronts couronnés, aillent s’imprimer alors, pour ainfi dire , jufques fur les Loix, fur l’autorité, fur les Confeils. Plus d’activité dans les efprits ,
plus d’énergie dans les courages ; le bien eft négligé , le
mal n’eft pas prévu , tout fe défunit: on remarque bientôt dans la même Nation deux intérêts & deux Peuples;
l’un redoute ce que l’autre efpère ; l’approche d’un nouveau Règne rend les maximes de l’ancien moins refpec-
tables , & le Souverain fe furvit en quelque forte pour
voir fes derniers momens ou obfcurcis ou méprifés.
Mais mourir lorfqu’on marche d’un pas toujours ferme
dans la carrière, lorfque la lumière qui nous environne
eft encore toute vive , lorfque le préfent garantit l’avenir , ce n’eft pas mourir en effet , c’eft fe cacher dans
fa gloire.

Portons donc des regards affurés fur cette fcène également héroïque & Chrétienne. Depuis long-temps l’a-
bîme inévitable où fe perdent toutes les grandeurs humaines , paroiffoit aux yeux de MARIE-THÉRÈSE s’entr’ouvrir fous fes pas ; fa piété, fa tendreffe la condui-
foient fouvent fous ces voûtes ténébreuf où les cendres

de son augufte Epoux étoient mêlées avec la pouffière
de la Maifon d'Autriche; c'eft là qu'elle recevoit de plus
près les leçons de la mort, leçons que le néant des Souverains qui ne font plus, rend fi pénétrantes pour le
Souverain qui les écoute; c'eft là qu'immobile, recueil-
lie, marquant d'avance fa place, elle achevoit en elle,
comme parle l'Apôtre, l'*image de Dieu*, feule diftinc-
tion qu'elle dût conferver; c'eft là qu'elle fe familiarifoit
avec l'horreur, le filence, la folitude, feul attrait de
l'ame chrétienne qui fait l'effai de la mort. Au moment
où elle quitte pour la dernière fois cette terrible école,
elle fe fent arrêtée, comme fi le tombeau eût pris du mouvement pour fe faifir de fa proie. Soudain un preffentiment
fecret l'éclaire, mais ne la trouble pas; ce trifte oracle
defcend au fond de fon cœur, & fe refufant à l'efpoir
de vivre, cette dernière erreur de la vie qui rend toutes
les autres irréparables, tranquille elle s'avance vers les
jours éternels.

Dieu des Rois! Dieu des vertus! c'eft à ce double
titre que MARIE-THÉRÈSE vous appelle. Venez dans ce
Palais, la juftice & l'innocence en ont fait votre Temple; rien de profane, rien de criminel n'y bleffera la
fainteté de vos regards; venez, vous y retrouverez vos
pauvres, vos orphelins; la flamme de votre charité étin-
celante de toute part, vous conduira jufqu'à ce cœur
qu'elle embrafa toujours, & que vous acheverez de pu-
rifier. Ah! fi vous étiez pour MARIE-THÉRÈSE un Dieu de
terreur & de févérité, pour qui donc réferveriez-vous vos

confolations & vos douceurs ? Le Pontife paroît, le figne adorable du falut entre fes mains. Quel fpectacle pour la tendreffe filiale ! Le trait femble encore fufpendu, & déja toute l'horreur du facrifice environne la victime ; tout gémit à fes côtés : *Ne troublez point, s'écrie* MARIE-THÉ-RÈSE, *ne troublez point par vos foupirs, ce que ce moment précieux a de confolant pour moi.* Il femble que fon ardente foi ait arraché à la mort ce mafque effrayant qui la rend fi formidable ; il femble qu'au-delà de fes ombres, elle diftingue déja le foleil immortel qui va luire pour elle. Dans cet inftant où MARIE-THÉRÈSE marche au-devant de JÉSUS-CHRIST, ne vous repréfentez-vous pas, MESSIEURS, la miféricorde & la vérité qui fe rencontrent ? *Mifericordia & veritas obviaverunt fibi.* Dans cet inftant où JÉSUS-CHRIST repofe fur fes lèvres, ne croyez-vous pas voir la juftice & la paix qui s'embraffent ? *Juftitia & pax ofculatæ funt.* Image qui porte avec elle une impreffion d'attendriffement dont il eft difficile de fe défendre. Ah ! vous n'apercevez point ici le lit d'un mourant auprès duquel les cris tardifs du repentir rappellent la Religion & la foi méconnues ; vous ne voyez point un Trône quitté par le défefpoir ; un Miniftre fondant d'une main incertaine les plaies profondes d'une ame déchirée par le remords ; un pécheur confterné repouffant, felon l'expreffion des Livres faints, la maffe entière de fa vie raffemblée fous fes yeux & pefant fur fa tête : *Erit vita tua quafi pendens ante te.* Non, tout eft calme : point de coupable, point de Juge ; le Miniftre ne prononce que la confommation d'une alliance qui ne fut jamais violée, & voilà le dernier traité, le pacte folennel & irrévocable de la miféricorde, & de la paix avec la vérité & la juftice. *Mifericordia & veritas obviaverunt fibi, juftitia & pax ofculatæ funt.*

Pſ. 58.

Oh! que cette mort eft belle fur le Trône! quel prodige, dans ces derniers momens, d'attirer à foi le Ciel & la Terre; d'être tout enfemble digne de vivre, digne de mourir; d'emporter le double prix de la vie des Rois, les regrets d'un Peuple qui ne flatte plus, & les récompenfes d'un Dieu qui juge! Tranquille fur ces jugemens qui l'attendent, parce qu'elle les eut toujours devant les yeux, Marie-Thérèse commande à fon ame de s'arrêter pour mériter encore ces regrets; elle reprend la force de ce caractère qui a décidé toute fa vie; & s'affermiffant, pour quelques momens, fur ce Trône dont elle va defcendre, elle éloigne courageufement fes Enfans, parle de fa mort en Homme-d'État, mêle les prévoyances de la Politique aux inquiétudes de la Bienfaifance, réferve pour fes Pauvres & fes Orphelins les derniers efforts d'une voix qui s'éteint, fixe les honneurs de fa cendre, défend de célébrer fa mémoire dans les Temples.... Grande Reine! toute votre vie protefte contre cette humble précaution. Détruifez donc, dans toute l'Europe, tout fentiment de juftice & de vertu; effacez votre nom dans tous les efprits & dans tous les cœurs: ce moment même jette un nouvel éclat fur cette vie que vous prétendez obfcurcir. Ah! il ne falloit pas mourir comme vous avez vécu, fi vous vouliez qu'on oubliât & votre mort & votre vie. Que dis-je? la Mort même achève de vous trahir. Ce mépris habituel de la grandeur, cette perſévérante méditation du tombeau, ce vêtement funèbre tiſſu de vos propres mains ... tous vos ſecrets ſont révélés; pourquoi les enviez-vous à la Terre? Vous ſerez obéie à Vienne; mais chez tous les peuples qui ſauront apprécier l'ame d'un bon Roi, des voix éloquentes s'éleveront pour venger la Religion & l'Humanité de votre injuſte modeſtie.

Qu'attendez - vous encore, MESSIEURS ? hélas! il ne reſte plus à votre admiration que le moment fatal, où livrée aux dernières conſolations de la Piété, MARIE-THÉRÈSE étend, pour la dernière fois, une main défaillante ſur ſa Famille éplorée : *Je ne vous donne rien*, dit-elle à ſon auguſte Fils, *tout ce que je laiſſe eſt à vous; mais mes Enfans ſont à moi, je vous les donne; ſoyez leur Protecteur & leur Père* .... Elle s'arrête; elle ne réclame ni promeſſes ni ſermens : elle connoît trop le cœur qu'elle a choiſi pour remplacer le ſien. Prince éprouvé par quinze ans de modération & de ſageſſe, Miniſtre, Sujet, Roi reſpectueux, qui ajoutiez à la ſenſibilité de la Nature toutes les réſerves de la délicateſſe, qui n'avez rien vu de plus flatteur dans votre fortune que la douceur de l'attendre, qui toujours content d'obéir vous placiez ſur la marche du Trône où vous pouviez vous aſſeoir, pour rendre à MARIE - THÉRÈSE, par le reſpect, tout le pouvoir que vous receviez d'elle par la confiance : ah! vous êtes bien digne de ce dépôt ſacré. Dans ce reſpect conſtant ſont renfermés tous les élémens d'un grand Roi.

Que l'Hiſtoire en décrive les développemens glorieux ; pour moi, je ne veux voir que l'Héritier de tant de Royaumes, confondant ſes gémiſſemens avec les derniers ſoupirs de ſa Mère. Prince, je redirai vos tendres ſoins, vos veilles aſſidues ; je recueillerai vos larmes ſinçères..... Vos larmes ? hélas ! elle n'eſt donc plus ! Dans le Palais, dans les murs de Vienne, dans toute l'Allemagne, on n'entend plus que ce lamentable cri étouffé par des ſanglots : Dieu ! quelle Souveraine vous nous avez ravie ! Ah ! du moins qu'aucune voix lugubre ne s'élève autour de ſon tombeau ; que le Héraut de la Mort ne crie pas comme dans les autres pompes funèbres : Rendez, rendez au Maître des Rois le Sceptre qui doit périr avec ce ſimulacre de chair, cette Couronne qui n'a plus d'éclat, ce Diadême déchiré, ces Titres effacés, qui vont ſe perdre avec lui dans la nuit éternelle. *Reddite munera terribili ei qui aufert ſpiritum Principum.*

Non, mon Dieu ! vous ne réclamerez point ici ce triſte hommage. Symboles ſacrés, qui n'avez été ſur le front de MARIE-THÉRÈSE que le gage de la félicité publique, Sceptre, Couronne, honorez à jamais ſon tombeau ! Durez, que le Temps vous épargne ! Et vous, Siècles futurs, Rois, Peuples, que le torrent des Ages amenera, pour quelques inſtans, ſur cette ſcène changeante & mobile, ne prononcez qu'avec attendriſſement l'auguſte nom de MARIE-THÉRÈSE ; que ce nom révéré vous rende le Siècle où nous vivons reſpectable. Quelles que ſoient les erreurs de ce Siècle dont la Religion gémit, vous

Pſ. 75.

lirez du moins , dans ſes Annales , un Règne mémorable dont la Religion s'honore ; vous y diſtinguerez Marie-Thérèse , comme on diſtingue un Monument précieux au milieu d'un amas de ruines ; vous lui envierez l'honneur d'avoir donné à la Terre un ſi parfait Modèle. Eh ! qui pourra rougir déſormais d'être Chrétien ? quelle ſublime apologie de la Religion que cette belle vie ! Comment méconnoître la divinité d'une croyance & d'une Morale qui s'allient à tant de gloire ? Ah ! ſi l'orgueil de la Raiſon n'étoit pas indomptable , ſi vous permettiez , ô mon Dieu ! que ce grand Modèle trouvât des Imitateurs dans une Poſ-térité plus docile à la voix de la Sageſſe & de la Vertu, quelle magnifique image , Messieurs , laiſſerois-je dans vos eſprits en finiſſant ce Diſcours ! Je vous montrerois l'ame de Marie-Thérèse dominant tous les Trônes, l'Eu-rope entière heureuſe par ſes principes , ſanctifiée par ſes exemples ; & pour dernier hommage je porterois , dès ce moment , au pied de ſon cercueil, la reconnoiſſance des Siècles à venir, confondue avec les larmes & les regrets qui honorent aujourd'hui ſon tombeau.

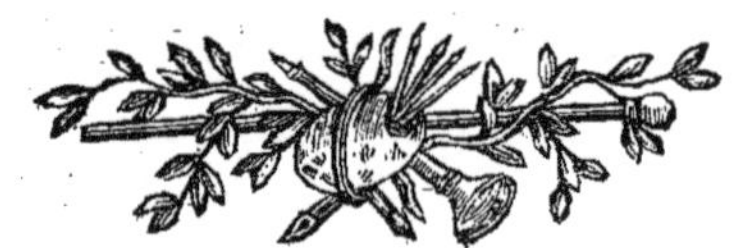